# कार्य प्रगति पर है

## अभिषेक आनंद

ISBN  979-8-89233-378-8

फूल से महकते मेरे बच्चों

वेणु

डोल्ची और आशी


ये किताब तुम्हारे लिए

# अनुक्रम

# "प्रतिष्ठा में एसी लगवाना"

लॉकडाउन पूरे टाउन में जोरो पर चल रहा हैं.....

इस कड़ी में, गर्मी का महीना और सूरज, ये दोनो भी सर पे सवार हैं। मेरा मानना है आने वाला वक्त बहुत कठिन होगा, लॉकडाउन नहीं गर्मी को लेकर। लॉकडाउन को लेकर इसलिए नहीं क्यूँकि, लॉकडाउन कोई कानून तो है नहीं, इसलिए कभी भी तोड़

जा सकता है। वैसे ये कोई कानून रहता तब भी तोड़ा जा सकता था, हाँ तब थोड़ा मजबूत हथौड़ा लगता।

एक मिनट एक मिनट मैं शायद अपने टॉपिक से डाइवर्ट हो गया हूँ। यहाँ बहस कानून तोड़ने की नहीं करनी थी, और खासकर मैं, इस साल तो कानून तोड़ने के बिल्कुल भी मूड में नहीं हूँ। इस साल ये काम हमारे देश की आधी आबादी ऑलरेडी कर रही है। यहाँ ये आधा शब्द भी बहुत इन्ट्रेसटिन्ग हैं। हम जब भी संख्याओं और आँकड़ों में बात करते हैं तो बडे विचित्र और अप्रमाणित आँकड़े ऐसे पेश करते हैं मानो हमारा पूरा जीवन ही इस अध्ययन में कटा हो। उदाहरण लीजिए, फलां ने कहा कि इस देश में 80 परसेन्ट लोगों को तो अंग्रेजी लिखनी तक नहीं आती। अब आप उनसे कभी पूछ के देखिए ये 80 परसेन्ट की संख्या कहाँ से आयी......80 ही क्यूँ, 82 क्यूँ नहीं। ये एक्जैक्ट 80 परसेन्ट आखिर कौन से रिसर्च पेपर का हिसाब है। एक और मजेदार उदाहरण, देश में 95 प्रतिशत मर्द अपनी शादी से खुश नहीं हैं। मुझे 95 प्रतिशत से आपत्ति नहीं है, मुझे आपत्ति है इतने विश्वास से कहे गए 95 परसेन्ट पर। हाँ, मगर, इस उदाहरण में आप मुझसे पूछिए तो मैं बिना किसी रिसर्च के ये तो दावे से कह सकता हूँ कि ये आँकड़ा 95 प्रतिशत से अधिक ही होगा। एक बात बोलूँ, मैं फिर से टॉपिक से डाइवर्ट हो गया हूँ। बात इस इतनी है कि मैंने आधी आबादी किस आधार पर कहा! मैं तो इसे जस्टिफाई कर सकता हूँ। मैंनें अपने घर का एक सैंपल पकड़ा है, इस रिसर्च के लिए। हमारे घर में पाँच सदस्य हैं। वयस्क कटेगरी में चार आते हैं तो कानून के दायरे में फिलहाल वयस्को को रखते हैं। माँ और पिताजी की इच्छाएं सीमित हैं तो इस प्रकार वे पूरे लॉकडाउन में घर के अन्दर दिखते हैं। रामायण और महाभारत के डबल डोज एपिसोड ने घर में बडे बुजुर्गो को बाँधे रखा है।

चिंता का विषय हूँ मैं और मेरी धर्म वाली पत्नी। आपको पता है हमारे घर में ही नहीं बल्कि हर घर में अक्सर एक ऐसी चीज अचानक से कम या खत्म हो जाती है, जब बाहर सब दुकानें बन्द हों या यूँ कहिए उस वस्तु के बाहर मिल पाने की सारी सम्भावनायें धूमिल हों और साधन जुगाड़ना लगभग असंम्भव हो। ऐसे में जब मैं कैसे भी छिप छिपाकर कोई व्यवस्था या जुगाड़ से दुकान के पीछे वाली गेट खुलवाकर वो सामान ले आता हूँ और मेरी पत्नी (धर्म वाली) मेरी पीठ थपथपा देती है, उस वक्त, ठीक उस वक्त आप कह सकते हैं कि हाँ, इस देश में दो लोगों ने कानून के साथ खिलवाड़ किया है; एक ने सीधे तोड़ दिया और दूसरे ने तोड़ने में संम्प्रदान कारक की भूमिका निभाई। तो मेरे घर के सैंपल केस में आधी आबादी कानून तोड़ने का काम कर रही है और उम्मीद है कि आगे भी तोड़ती रहेगी। ऐसा ही हाल शायद पूरे देश का होगा पर मैं अभी देश की समस्या से परेशान नहीं हूँ बल्कि आतंकित और भयभीत हूँ, आने वाली (या कहिए बीत रही) उस परम और चरम गर्मी से जिसका पारा अभी मार्केट में सबसे हाई है।

इसी सन्दर्भ में एक ज्ञान की बात बताऊँ .... घर में अगर कलह हो तो सर में दर्द होने लगता है फिर हम सुकून की तलाश में कहीं बाहर निकल जाते हैं, मगर इस साल ये ज्ञान अपने काम नहीं आयेगा क्यूँकि बाहर भी कलह है। तो भाई, सारे गवाहों और दस्तावेजों के मद्देनजर हमने ये निष्कर्ष निकाला है कि अगर ये गर्मी चैन से निकालनी है, वो भी घर में बैठ के, तो दिमाग को ठंडा रखना पड़ेगा। इस अभियान में बर्फ और हिमगंगे तेल एक बारगी को सही ऑप्शन लग सकते हैं लेकिन ये सुख सस्ता और क्षणिक है। यहाँ मैंने एक विचारणीय बात कह दी कि सुख क्षणिक तो हो सकता है किन्तु सस्ता कैसे? महँगे वस्त्र पहनना, बड़े बंगलों में रहना, बड़ी गाड़ियों में घूमना आदि आदि, ये सब सुख के वो

प्रतीक हैं जो बहुत महँगे हैं पर दूसरा पहलू यह है कि जो सस्ते संसाधन हैं वो सुख हैं भी कि नहीं! नंगे पैर पूरे गाँव का एक चक्कर लगा देना, गर्मी लगे तो पीपल के छाँव तले थोड़ा ठंडा लेना और निर्वस्त्र होकर पोखर में छलाँग लगा देना। नहीं, ये जरूर आज के युग के सुख नहीं हैं तभी इन्हे सस्ता कह कर नीच भावना से देखा और प्रस्तुत किया गया है। मैं एक बात और बताऊँ, आप मुझे ये बताना बार बार भूल जाते हैं कि मैं अपने विषय से ना भटकूँ; जैसे आपने यहाँ फिर मुझे विषय से भटकने दिया। लाख बात की एक बात है कि मेरे शहर की गर्मी तो फिर भी खेतान कम्पनी के पंखों की ठंड से मान जाए पर कलेजे को ठंड तभी मिलेगी जब एसी (2 टन वाली) की ठंडी बयार सर से घुसते हुए ठीक कलेजे तक पहुँचे। तो भाई, तय हो गया कि मैं जिस परम सुख की कल्पना में बैचेन हूँ, वो एसी की हवा ही है।

हमारे पिताजी के जमाने में जमीन जायदाद बड़ी चीज़ें होती थीं जिसको लेकर खानदान भर में विचार विमर्श होता था। याद रहे कि यहाँ मैं अपने पिताजी के जमाने की बात कर रहा हूँ। अगर कोई नौजवान लड़का या लड़की इस वक्त मेरी किताब पढ़ रहा हो तो वो पिताजी के बदले नया रिफरेन्स प्वाइंट पिताजी के पिताजी सेट कर सकता है। इस प्रकार हम सब एक फ्रेम ऑफ रिफरेन्स में आ गए हैं। हाँ, तो बात ये हो रही थी कि एक जमाना ऐसा भी था जब बड़े मुद्दों पर खानदान भर में चर्चा होती थी। पर आज की बात ये है कि कार और मोबाईल जैसे संसाधन, 'धरोहर' की श्रेणी में अपनी जगह बनाने में कामयाब हो गए हैं और इसी दौड़ में एसी और टेलीविजन दूसरे नम्बर पे अब बड़े गर्व और निर्भयता से टिके हुए हैं। इस नाते, इन पर चर्चा और विमर्श भी इस जनरेशन के लिए एक बड़ा विषय है। आखिर हम करें भी तो क्या, अब जमाना बदल गया है। महत्वाकांक्षाएं तो बड़ी हो गयी हैं, परन्तु

उन तक पहुँचने के संसाधन और प्रयास बड़े निम्न स्तर के हैं। खैर मैं भी शायद अब इसी श्रेणी में हूँ तो मैंने और मेरी पत्नी ने जाने अनजाने ये बात अपने पूरे इलाके (मेरी बीवी का मायका और मेरे ननिहाल और दोस्त सर्किल) में आग की तरह फैला दी। अच्छा, बात आग की तरह फैला दी, लेकिन स्किल ऐसा था कि किसी को ये अंदाजा लगने नहीं दिया कि हम उसे ये भी जता रहे हैं कि अब हमारी औकात भी एसी लेने की हो गयी है। अभी मुझे आगे और भी कुछ कहना है पर दो लाइन पीछे जाता हूँ जहाँ मैंने मेरी बीवी का मायका शब्द प्रयोग किया। यहाँ आपको आपत्ति होनी चाहिए थी कि आपने सीधे सीधे अपना ससुराल क्यूँ नहीं कहा! ये मैं आपको एक शर्त पे बता सकता हूँ, अगर आप गारंटी लें कि ये किताब मेरी पत्नी नहीं पढ़ रही होगी। पर मुझे पता है कि इसकी गारंटी आप क्या मैं खुद भी नहीं ले सकता। तो अब कोई लौजिक लगाकर इस प्रश्न का उत्तर देना ही पड़ेगा कि मैंने बीवी का मायके ही क्यूँ कहा और अपना ससुराल क्यूँ नहीं कहा। देखिए ऐसा है कि ये 'अपना' शब्द और 'उनका' शब्द, ये एक दूसरे को सर्वोत्तम बताने के तरीके हैं। गौर कीजिएगा कि 'अपना ससुराल' बोलने में ये जो 'अपना' शब्द है वो आपकी प्राथमिकता दर्शाता है और 'बीवी का मायका' बोलने में 'बीवी' नामक शब्द की प्राथमिकता उभर के आती है। तो मेरी कोशिश हमेशा यही रहती है कि आम बोलचाल की भाषा में मेरी 'बीवी' की प्राथमिकता और प्रधानता ज्यादा प्रखर होकर आए, बनिस्बत मेरे; जैसे कि 'बीवी' का मायका, 'बीवी' के पिताजी, 'बीवी' का भाई इत्यादि। और रही बात मेरी तो इस सन्दर्भ में मैं तो एक तुच्छ पति हूँ। मेरे लिए तो खुद भी अपने आप को 'आप' कहना वर्जित होना चाहिए।

खैर चलिए ये वाला 'अपना' और 'बीवी' का विवाद यहाँ खत्म होता है। इस बीच ये एसी लेने वाली बात आग की तरह फैलते जा

रही है। हमारे दूर दराज़ के खानदान से ज्ञानी लोगों के ज्ञान आने शुरू हो गये हैं। ज्ञान का लेवल ऐसा है कि जिन फुफा जी का साइंस में दो बार कम्पार्टमेंटल आया था वो आज 'टन' का ज्ञान दे रहे हैं। इन टाइप के लोगो का फॉरमुला फिक्स है। रूम में लगवा रहे हैं तो 1.5 टन और हॉल के लिए ले रहे हो तो 2 टन। ये कैलकुलेशन इरेसपेक्टिव ऑफ एनी साईज़ है। अच्छा, स्प्लीट और विंडो एसी में सबका कांसेप्ट ऑलमोस्ट सेम है - "अब विंडो एसी कौन लगवाता है!" और दूसरा "स्प्लीट एसी का मेंटेनेंस सस्ता पडता है"। एक बारगी कम्पनी के बारे में भी समझ लें, जैसे कोलकाता में मिठाई का नाम लेने पर सबसे पहले मुँह से रसोगुल्ला का उद्बोधन होता है ठीक उसी तरह चाहे टीवी हो या एसी या कोई भी अन्य विद्युत उपकरण, "एलजी" मुँह से स्वतः ही उच्चारित हो जाता है। पर मुझे गर्व है मेरे बीच वाले साले पे, जिसने इस रूढ़िवादी प्रथा को तोड़ते हुए इस बार मुझे एक नये ब्रांड वोल्टास का नाम सजेस्ट किया और जस्टिफाई करने के लिए अगले ने कॉम्परीजन भी बहुत तगड़ा बना रखा था। मेरे पास इस चक्रव्यूह को तोड़ने का कोई रास्ता नहीं था। अगले ने कोई पिछले साल का स्टॉक खोजवा कर ये प्रलोभन भी दे दिया कि '5000 सस्ता पडेगा, ले लो, ये ऑफर अब जिन्दगी में दोबारा नहीं मिलने वाला'। आप ज़रा स्केल ऑफ रिफरेन्स देख रहे हैं! मतलब एसी के 5000 सस्ता मिलने को जिन्दगी का सवाल बना दिया गया है। पर मैं भी क्या करता, ये सवाल (जो अब जिन्दगी का सवाल बन गया है) ये मेरे सर और घर पे आ के जोरों से पड गया था। अच्छा ये सवाल आया है बीच वाले साले की तरफ से (यानि याद है ना, वही 'बीबी का मायका'), तो सवाल को टालने की गुंजाइश भी लगभग ना के बराबर है।

अच्छा मैं आपको यहाँ पर एक और आम मानसिकता के बारे में बताता हूँ। जब हम किसी भी व्यक्ति से (जो हमारी पहचान

का हो या रिश्ते में आए) किसी भी वस्तु की जानकारी हासिल कर रहे होते हैं तो हमें ये बताने में सहज संकोच होता है कि ऐसा है कि मेरा बजट फलां-फलां है, और मुझे इसी बजट में कोई मॉडल बताइये। हम सामने वाले की ज्ञान गंगा में गोते लगाने के बाद बहे चले जाते हैं पर अलटिमेटली ये सामान टैक्स वैक्स जोड़ के आखिर कितने का पडेगा......ये पूछने में हमें आत्म शर्मिन्दगी का भाव महसूस होता है कि सामने वाला कहीं हमें गरीब ना सोच ले (कि औकात है इंस्टाल्मेन्ट में चावल दाल खरीदने की और चले हैं स्प्लीट एसी की हवा खाने)। बड़ी दिक्कत है हम लोगों के साथ। मेरा तो मानना है, सामने वाला अगर इज्जत से गरीब बोलकर छोड़ दे तो क्या बुरा है, कम से कम पैसे तो घर में रहेंगें। बल्कि लाइफ अगर आपको कभी ऐसा मौका दे (भगवान करे कि ना दे) तो मेरी सलाह को गाँठ बाँध लीजिए कि चुपचाप इधर उधर देखकर अगर आस-पास कोई ना हो तो अपनी बेइज्जती करवा लीजिए। अरे भाई, अपने पैसे घर के घर में तो रहेंगे। नहीं तो पता चला प्रतिष्ठा बचाने में शहर के प्रतिष्ठित गरीबों में अपना नाम दर्ज करवा लिया। और मेरा तो बोलना है कि लोगों को आखिर शर्म आती ही क्यूँ है, गरीब कहलाने में। ये गाली तो है नहीं! और देखिए मेरी हमेशा से ये अंडरस्टैंडिंग रही है कि सारी चीजें एक दूसरे के रिलेटिव होती हैं। हमें जो अगर दूसरा दिखता है कि ये 10000 कमाता है, गरीब है, उसी तरह हम भी किसी तीसरे को लगते होंगे कि बस 50000 कमाता है, कितना गरीब है। और ये चेन इसी तरह से परस्पर चलता चला जा रहा है। और नतीजा, दुनिया का हर एक आदमी अपने आस पास के हर एक आदमी को देखकर यही विश्लेषण करने में लगा है कि कौन उससे कितना ज्यादा या कम गरीब है।

तो अब दो तीन चीज़ें मुझे बिल्कुल स्पष्ट होने लगी हैं। एक तरफ बीवी का भयावह चेहरा नजर आता है (जिसके मुखारबिन्दु

की लालिमा चीख-चीख कर मुझे कह रही है कि जब बजट ही देखना था तो मेरे भाई से पूछने क्यूँ गए! पता है बेचारे ने तुम्हारे लिए लॉकडाउन में भी दुकान खुलवाके एसी देखा)। बीबी के चेहरे से नजर हटाकर जब अपने औकात की तरफ देखता हूँ तो वह धीरे से कहती है 'गरीब कहीं के, करवा ली ना अपनी बेइज्जती। अब भरना जिन्दगी भर इंस्टालमेंन्ट; पहले एसी का और फिर जब गर्मी बीत जाये तो बिजली बिल का। लेकिन मैं भी क्या करूँ, मैं भी आपकी तरह इंसान हूँ। मेरे ज़मीर को चोट तो लगती है, पर एक छोटी सी समस्या है, मुझे इसके साथ साथ भूख भी लगती है, और जब मुझे भूख लगती है तो मेरे लिए गर्म रोटियाँ मेरा ज़मीर नहीं बना के देगा, वो बनाएगी मेरी बीवी। तो ऐसा है कि हमने 15 अप्रैल 2020 को ड्राइंग रूम में नहीं, प्रतिष्ठा में एसी लगवा दी।

आज 23 तारीख है। एसी के रीमोट में 10 रूपये वाली दो पेन्सिल बैटरी लग चुकी है। कवर के उपर से प्लास्टिक हटा दिया गया है। एक बार अगरबत्ती भी दिखाई जा चुकी है। सेल्फी वेल्फी वाला क्रिया कर्म भी लगभग खत्म हो चुका है, बस इंतजार है सुकून से बैठकर एसी की हवा खाने का जो कि अभी तक नहीं हो पा रहा है। क्यूँकि जिस दिन से एसी इंस्टाल हुआ है, बाहर का मौसम भी थोडा ठंडा हो गया है। एक दो बार ज़ोरों से बारिश हो चुकी है और हम रोज इसी उम्मीद में सुबह उठते हैं कि काश कोई चमत्कार हो जाए और बाहर बड़े जोर की गर्मी पड़े ताकि हम अपनी आत्मा को संतुष्ट कर सकें कि चलो कम से कम सही वक्त में एसी ले लिया तो चैन की हवा खा रहे हैं।

कहानी को यहीं पे खत्म करना पडेगा, क्यूँकि मेरे मोबाइल की घंटी ज़ोरों से बज रही है और ट्रू कॉलर आई डी में बजाज फाइनेंस वाला का नम्बर दिखाई पड़ रहा है।

# "झण्डोत्तोलन"

आज़ादी किसे प्यारी नहीं, और अगर इत्तेफाकन आप आज़ाद हों तो फिर भला इसका यश किसे प्यारा नहीं! माँ की कोख से जब बच्चा बाहर निकलता है तो वो क्या सोचता होगा, कि चलो अच्छा हुआ आज़ाद हो गया। नहीं, उसे लगता होगा कि मैं अन्दर ही सुरक्षित था, मुझे क्यों बाहर निकाला गया। शायद वो असुरक्षित महसूस करता होगा। इसलिए हर बच्चा पैदा होने के बाद रोता है। फिर वो जैसे-जैसे बड़ा होता है वैसे ही धीरे-धीरे माँ की पकड़ से दूर होता जाता है, या फिर यूँ कहिये कि उसे अपनी आजादी का

आभास होने लगता है। 10 साल से कैद में पड़े एक पंछी के पिंजरे का अगर दरवाजा भी खोल दिया जाये तो पंछी अचानक से नहीं उड़ जाता। उसे एक बार को विश्वास नहीं होता कि मैं आज़ाद हो गया हूँ। वो पहले धीरे-धीरे बाहर निकलता है, आस-पास देखता है, फिर मौका पा कर अचानक से उड़ जाता है, या यूँ कहिए कि अब उसे आभास हो गया है कि मैं आजाद हूँ। तो इस हिसाब से एक नियम ऐसा समझ लिया जाये कि आजाद होना और आजादी का आभास होना दोनों अलग-अलग पहलू हैं।

ये बात किसी भी देश के लिये भी लागू हो सकती है। मतलब हो सकता है कि वो देश, सालों पहले आजाद हो गया हो पर कुछ लोगों को इसका अहसास ही नहीं या यूँ कहिए कि वो मानने के लिये तैयार ही नहीं कि हम आजाद हैं। उन जैसे लोगों को 6-6 महीने पर डण्डा ले के याद दिलाना पड़ता है कि निकम्मों, नक्कारों, घर से बाहर रोड पर निकलो, छत पर आओ, शहर में घूमो, हम आजाद हो चुके हैं। पचासों साल पहले आजाद हो चुके हैं। पेपर में भी आया था। अंग्रेज चले गये, अब तुम्हें कोई नहीं मारेगा। कोई बिना बात के जेल में पकड़ कर बन्द नहीं करेगा। अब देश फिर से सोने की चिड़िया बन गयी है। बाहर निकलो और जश्न मनाओ इस आजादी का। वे फिर भी नहीं मानते। ऐसे लोगों के लिये जब हम सुबह सुबह फुल वौल्यूम में लाउडीस्पीकर पर देश भक्ति से ओत-प्रोत गाने बजा देते हैं, तब जाके इनके कान में थोड़ी देशभक्ति घुसती है। मैं ऐसे कुछ देशद्रोहियों को जानता हूँ जो इस आजादी के पर्व को महात्वहीन समझते हैं। यहाँ आप मेरे देशद्रोही शब्द पर बुरा न मानें। अगर खुलेआम देश के खिलाफ नारा लगाना देशद्रोह है तो बन्द कमरों में ऐसे अवसरों में देश को कोसने वाला भी देशद्रोही है। बस फ्रेम आफ रिफरेन्स बदला हुआ है, वरना दोनों लोग एक ही कैटेगरी के हैं।

ऐसे ही एक देशद्रोही हैं मेरे क्वार्टर के ठीक ऊपर के सीधे वाले क्वार्टर में सपरिवार स्थापित अतुल देवगन। हम दोनों के प्लाट का ओरियण्टेशन कुछ ऐसा है कि जब मैं अपने बेडरूम में आजादी के गाने 22 वाल्यूम पर बजाता हूँ तो उनके बाथरूम तक इसकी आवाज पहुँचती है और दो गानों के अन्तराल वाले खाली समय में जब वो बाथरूम से मुझे गाली देते हैं तो मेरे बाथरूम तक इसकी स्पष्ट आवाज आती है। इन दो बातों से आप भी दो बातें समझ गये होंगे कि एक तो हम काफी करीब हैं और दूसरा, दोनों देशभक्ति के मामले में बिल्कुल विपरीत हैं। सालभर जिस 15 अगस्त का इन्तजार मैं ये सोचकर कर रहा होता हूँ कि इस बार लाल किले की प्राचीर से प्रधानमंत्री का भाषण सुनूंगा, उसी 15 अगस्त वाले दिन अगर कैलेण्डर में रविवार पड़ गया तो अतुल जी की एक छुट्टी खराब हो जाती है। जिस 15 अगस्त वाले दिन हमारी चिन्ता ये रहती है कि गरम और ताजी जलेबियाँ किस दुकान से ली जाये, उस 15 अगस्त के एक हफ्ते पहले से ही अतुल जी की चिन्ता ये रहती है कि उस दिन चूँकि सारे ठेके बन्द होंगे तो पीने की व्यवस्था कहाँ से हो! हमारे अपने जुगाड़ हैं और उनके अपने।

यहाँ मैं एक बात बता दूँ कि ऐसा नहीं है कि मेरी और अतुल जी की कोई आपसी दुश्मनी है। बस देशभक्ति वाले मुद्दे पर हमारे विचार एक नहीं हैं। हम जिस सोसाइटी में रहते हैं वहाँ हर एक साल पर किसी नये व्यक्ति को चेयरमैन नियुक्त किया जाता है। उससे सोसाइटी वालों को काफी अपेक्षाएं रहती हैं, जैसे सोसाइटी में साफ-सफाई रहे, पानी, बिजली की समस्यायें ना आयें, सौहार्द्र बना रहे इत्यादि इत्यादि। कुल मिलाकर ऐसे समझिए, अगर सोसाइटी एक छोटा सा देश है और वहाँ के लोग देश की जनता, तो ये सोसाइटी का चेयरमैन, जनता का प्रतिनिधि हुआ या प्रधान। वैसे जो भी हो, मैंने देखा है, ये प्रतिनिधि वाला काम बहुत सरदर्दी का

होता हैं। दरअसल जिस जनता के लिए आप दिन रात मरे जा रहे हों उसकी समस्यायें घटेंगी क्या बल्कि आपसे उनकी उम्मीदे और ज्यादा बढ़ती जाती हैं। आपके साल की शुरूआत होगी बड़े-बड़े मुद्दों से जैसे स्वच्छता, अनुशासन, सुरक्षा, सौहार्द्र इत्यादि पर धीरे धीरे, जैसे जैसे आप उनकी समस्यायों में घुसते चले जाएंगे तो वे बड़ी लडाई को छोडकर अपने व्यक्तिगत मुद्दों में आपको भटकाने लगेंगे; जैसे कि किचेन के दरवाजे की कुण्डी ठीक से नहीं लग रही है, सोसाइटी में गाय आना शुरू हो गयी है या कल कोई किसी की कॉल वेल बजाकर भाग गया इत्यादि। ये तो है सच्चाई, इस प्रतिनिधि वाले पद पर आने वालों की।

पर इस साल जो हुआ बहुत मजेदार था। इस साल सोसाइटी के चेयरमैंन के लिसे सर्वसम्मति से अपने अतुल देवगन जी का नाम उभरकर आया और रातों रात उन्हें सोसाइटी का चेयरमैन नियुक्त भी कर दिया गया। अब यहाँ आप ऐसे रिलेट मत करने लगियेगा कि देश के खिलाफ सोचने वाला व्यक्ति देश का प्रतिनिधि कैसे हो सकता है। मैंने उदाहरण के लिए सोसाइटी को देश कहके संबोधित किया था। दरअसल, अतुल जी केवल एक सोसाइटी के चेयरमैन नियुक्त हुए थे, ना कि देश के। खैर अब नियुक्त हुए थे तो हुए थे। मुझे परेशानी अतुल जी के चेयरमैन चुने जाने से नहीं थी बल्कि मुझे परेशानी थी उनके चयन किये जाने वाले महीने से। जी हाँ, अगस्त का महीना। हमारी सोसाइटी में 15 अगस्त, 26 जनवरी, 2 अक्टूबर, 14 नवम्बर इत्यादि त्योहारों का बहुत महत्व है। कारण चार हैं, एक तो देशभक्ति की देशभक्ति हो गयी, दूसरा सुबह सुबह नाश्ते में गरमा-गरम जलेबियाँ और मोतीचूर के लड्डू मिल गये, तीसरा सांस्कृतिक कार्यक्रम करवा कर, किसका बच्चा या बच्ची अच्छा डांस करते हैं, ये पता चल गया और चौथा पर सबसे महत्वपूर्ण, सोसाइटी की भाभियों को सज-धजकर सेल्फी

लेते हुए देखने का सौभाग्य। शायद आप को ऐसा लग रहा होगा कि इस सेल्फी और जलेबी के भार तले देशभक्ति का तो दम ही घुट जाता होगा। पर चिन्ता की बात नहीं है, इस समस्या को हम लाउडस्पीकर में हाई वाल्यूम पर देशभक्ति वाले गाने बजाकर कम्पनसेट कर देते हैं।

अच्छा, गाने से ध्यान आया, देशभक्ति के गानों का व्यापार बहुत मन्दा है। साल भर में बड़ी मुश्किल से देशभक्ति वाले विषय पर कोई एक या दो गाने बनते होंगे। वो भी तब, जब 15 अगस्त के आस-पास वाले हफ्ते में कोई फिल्म रिलीज हो रही हो, तो। मोस्टली ये मार्केटिंग के लिये किया जाता है। वैसे, ऐसा नहीं। इसमें भी अपवाद हैं। खैर, तो मैंने नोटिस किया है कि जब भी आजादी के गानों की प्ले लिस्ट खुलती है तो एक बार ये गाना, "सोने की चिड़िया..." वाला जरूर बजाया जाता है। नये जनरेशन के बच्चे "बेबी डाल मैं सोने दी" से कन्फ्यूज न हों। ये गाने जब लिखे गये, तब के हालात तो मुझे नहीं पता मगर आज जब इन गानों को मैं अपने बच्चों को सुनाता हूँ तो उन्हें ये जस्टीफाई करना बहुत मुश्किल हो जाता है कि क्या सच में "यहाँ पग-पग पर सत्य, अहिंसा और धरम का बोलबाला जैसा कुछ है क्या" ... अरे हटिये साहब, कहाँ मुझे देशभक्ति गानों और उनकी सार्थकता में उलझा दिया। आप तो ये सोचिए कि मेरे जैसा एक परम देशभक्त आदमी जब इस तरह से सोच सकता है तो अतुल जी का क्या हाल होता होगा! उनका तो ऐसे माहौल में दम घुट जाये और बस यही, यही मेरी परेशानी का सबसे बड़ा कारण था कि जिस सोसाइटी के चेयरमैन अतुल जी हों उसी सोसाइटी को 15 अगस्त के लिये एक शानदार आयोजन करवाना था, वो भी अतुल जी के कुशल नेतृत्व में।

15 अगस्त को कोई एक हफ्ते बचे होंगे। पूरे सोसाइटी में तैयारियाँ जोरों पर शुरू हो गयीं थीं। जोरों का मतलब, भाभियों ने अपने वार्डरोब से सफेद, केसरिया और हरे रंग की जितनी भी साड़ी, सूट या दुपट्टे थे, सब को बाहर निकालना शुरू कर दिया था। एक दो चीजों को छोड़ दिया जाये तो हर चीज मैचिंग लगाकर खरीदी जा रही थी। फिर चाहे वो हेयर पिन हो या बिन्दी या पर्स या मोबाइल कवर या रूमाल। अतुल जी की मिसेज ने तो सैंडल भी ग्रीन कलर की खरीद ली थीं, आखिर चेयरमैन साहब की पत्नी जो ठहरी (अच्छा यहाँ एक बात और बता दूँ कि देशभक्ति को लेकर अतुल जी के विचार अपने खुद के थे और पूरी तरह स्वतंत्र थे। उन्होंने अपने विचार किसी पर कभी भी थोपने की कोशिश नहीं की)। तैयारियों के अगले चरण में घर के बच्चों को फैंसी ड्रेस कौम्पटीशन के लिए तैयार किया जा रहा था। उन्हें ऐसे-ऐसे किरदार बना के भाषण याद कराये जा रहे थे जिनका नाम भी शायद उन बच्चों ने अपनी जिन्दगी में पहली बार सुना होगा। अच्छा एक और खासियत, हर भाषण का अन्त औलमोस्ट कॉमन ही था - 'वन्दे मातरम्'। तैयारियों के लिए इतना कम समय बचा था कि न तो बच्चों ने माताओं से पूछने की कोशिश की, कि आखिर वन्दे मातरम का मतलब क्या है और न ही इन माताओं ने इसे समझाना जरूरी समझा कि आखिर वन्दे मातरम का मतलब क्या है!

इधर चेयरमैन साहब भी 3-4 दिनों से छत पर कमेटी मेम्बर्स के साथ लगातार व्यस्त चल रहे थे। वैसे अतुल जी के लिये ये अच्छा हो गया कि इन मीटिंग के बहाने चार दोस्तों के साथ 2-2 पेग लगाने का भी मौका मिल जाता था। वैसे इन मीटिंग का मेन मुद्दा रहता था कि आखिर नाश्ते में गरम जलेबियाँ चौराहे वाले पप्पू की दुकान से मँगवायी जायें या मेन मार्केट के लालजी हलवाई से। मिक्सचर के लिये कोई समस्या नहीं थी। पिछले चार दिन से छत

पर इन लोगों ने दारू के साथ अलग-अलग मिक्सचर ट्राई करके एक अच्छा सा ब्राण्ड परसों हीं अप्रूव कर दिया था।

मिला-जुला कर अगर देखा जाये तो आप ये कह सकते हैं कि सोसाइटी में 15 अगस्त की तैयारियाँ पूरे जोर शोर से चल रही थी।

14 अगस्त की शाम को, नीचे लॉन में एक फाइनल मीटिंग बुलायी गयी जिसमें तमाम तैयारियों का जायजा लिया गया। एक बात जिसको लेकर अभी तक कोई खुलकर सामने नहीं आया था, आज उसे फाइनल करने का दिन था। झण्डा कौन फहरायेगा!

ये विषय हर साल उतना जटिल नहीं होता है। क्योंकि परम्परा के हिसाब से जो सोसाइटी का चेयरमैन है वही झण्डा फहराता आया है, पर इस बार बात कुछ और है। आधे से ज्यादा सोसाइटी को ये पता है कि अतुल जी का देश के प्रति जो नजरिया है, या वो जिस तरह से ऐसे कार्यक्रमों की आलोचना करते फिरते हैं, वैसे में वो शायद ही झण्डोत्तोलन करें। मगर इस प्रश्न को उठाये कौन? उनसे अगर सीधे पूछ लो तो क्या पता भड़क उठें और अगर दूसरे का नाम सजेस्ट कर दो तो क्या पता नाराज हो जायें। सो इस संशय में किसी ने इस मुद्दे को छेड़ा ही नहीं। हाँ पर अन्दर ही अन्दर ये योजना बना ली गयी थी कि अगर कल अतुल जी ने कोई नाटक किया तो सोसाइटी के सबसे वरिष्ठ, विवेक के पिताजी, से झण्डोत्तोलन वाला कार्यक्रम करवा दिया जायेगा। बाकी, नाश्ते के लिए कूट वाले सारे डब्बे तैयार हो गये थे, 5 रूपया वाला मिक्सचर का पैकेट तैयार था, लालजी भाई की दुकान को गरम जलेबी और मोतीचूर के लड्डू का टेन्डर 4 दिन पहले ही दे दिया जा चुका था, बच्चों की प्रैक्टिस और भाभियों का फैशन अपने आखिरी चरण पर था और कुल मिलाकर यह कहा जा सकता था कि सोसाइटी कल 15 अगस्त के लिये तैयार है।

15 अगस्त के दिन की बात ही अलग होती है। अब इसकी वजह ये बोनस में मिली हुई छुट्टियाँ हो या कुछ और, पर हर एक आदमी या तो देशभक्ति या देशी के रंग में डूबा नजर आता है। 7.30 बजे सुबह जिस गली में बाकी दिन बस कुत्ते घूमते नजर आएंगे, उस गली में आज आपको सफेद-सफेद स्कूल यूनिफार्म में सजकर स्कूल जाते प्यारे-प्यारे बच्चे नजर आते हैं। इनमें तो कुछ बच्चे ऐसे भी होते हैं जिन्हें शायद साल भर आप फटे कपड़ों में देखो पर उस दिन के लिये इनके माँ-बाप ने निल डालकर प्रेस किये हुए कपड़ों का प्रबन्ध किया होता है। जिस पान की दुकान पर भाभी और देवरानी के गीत सालों भर बजते सुनाई देते हैं, वहाँ भी अगर आप आज के दिन खड़े हो जाओ तो लताजी का 'ऐ मेरे वतन के लोगों' वाला अमर देशभक्ति गीत सुनने को मिलेगा। जो गिफ्ट वाला साल भर वैलेन्टाइन डे के कार्ड और लाल गुलाब का फूल बेचा करता है, वो भी आज के दिन तिरंगा वाला स्टीकर लगाकर काउण्टर पर बैठा मिल जायेगा। इस दिन की बात ही अलग है। गली के गटर में देशी पीकर लुढ़के दिनेशवा से लेकर सबसे ज्यादा घूस खाने वाले वार्ड के विधायक जी तक, सब, सब देशभक्ति में डूबे मिल जाएंगे। ये पावर है देशभक्ति की।

पर इन सबको इग्नोर कर हमारी सोसाइटी वाले वालेंटियर की असली चिन्ता ये है कि आखिर आज झण्डा फहरायेगा कौन? क्या है ना कि एंकर बेचारा 3 दिन से स्क्रीप्ट याद कर रहा है। उसने तो अतुल जी के नाम के साथ राइम करके ओपनिंग लाइन भी लिखी हुई है - "महक उठा है आपकी खुशबू से ये प्रांगण, हमारे और सबके प्रिय अतुल देवगन।" अब ऐसे लास्ट मोमेंट पर अगर उद्बोधन का नाम बदल दिया, तो आगे पीछे की राइम खराब हो जायेगी। सो इस चिन्ता में वो भी बेचारा जहाँ तहाँ जो मिल रहा है उससे पूछता चल रहा है कि अतुल जी का नाम कन्फर्म समझूँ या

कोई और झण्डा फहरायेगा! जैसा कि मैंने पहले भी बताया था सो ऐज ए बैकअप प्लान, सब लोगों ने विवेक के पिताजी को सफेद कुर्ता पहन कर आने को कह दिया था और वो पुराने समय के आदमी, वक्त से करीब एक घण्टा पहले ही आकर अगली पंक्ति में बैठ भी गये हैं। टोपी की साइज कॉमन है, सो जो आ जायेगा उसे पहना दी जाएगी। अब इस पूरे माहौल में अतुल जी की भूमिका समझ में नहीं आ रही है। वो तो कार्यकर्ताओं के साथ इस वक्त इन्तेजाम में ऐसे व्यस्त हैं मानों उन्हें पता ही नहीं कि आज का एक कार्यक्रम ये झण्डा फहराने वाला भी है और एस.ओ.पी के हिसाब से ये काम उन्हें ही करना है।

अब जब 8 बजने में कोई आधे घण्टे बचे होंगे, तो ऐन वक्त पर अपने अतुल जी गायब। बड़ी समस्या, क्या पता किसी बात से गुस्सा हो गये, नाराज हो गये, किसी ने कुछ कह दिया, कुछ पता ना चले, बस गायब हो गये। पण्डाल में अफरा-तफरी का माहौल, 2 लड़कों को तो छत पर भी दौड़ाया गया, क्या पता अतुल जी ने जो व्यवस्था शाम के लिये ब्लैक में मँगवा के रखी थी, वो तो नहीं लेने चले गये! हमने उस दिन उस 10 मिनट में सब अच्छा बुरा सोच लिया होगा।

आखिर में हारकर एंकर से विवेक के पिताजी का नाम बुलाने को कह दिया गया और तय हुआ कि उनसे ही आज का झण्डोत्तोलन वाला कार्यक्रम करवाना है। विवेक के पिताजी तो मौके पर थे ही सो वो आनन-फानन में स्टेज के पास पहुँच भी गये और हम लोगों ने उन्हें बस टोपी पहनायी ही गयी होगी कि तभी, तभी .... भीड़ को चीरते हुए एक मसीहा की तरह अतुल जी ने धमाकेदार एण्ट्री ली। अपने साथ वो एक पॉलीथिन में कुछ लेकर आये थे। पॉलीथिन के अन्दर से एक खादी की बण्डी निकालकर विवेक के पिताजी की

ओर बढ़े और देते हुए कहा, "अंकल ये बण्डी पहन के देखिये, आज के दिन कुर्ते और टोपी पे खूब जमेंगी।"

हम सब हैरान होके बस अतुल जी को देख रहे थे। अतुल जी ने अपने हाथों में माइक लेते हुए शुरूआत की "आप सबको इस आजादी के वर्षगाँठ की शुभकामनाएँ, खासकर, आने वाली पीढ़ी, आपको, बच्चों। मेरे बारे में ये मशहूर है कि मेरे अन्दर एक रत्ती भी देशभक्ति नहीं भरी। ये भी तो हो सकता है कि मैं तेज लाउडस्पीकर पर गाने बजा कर देशभक्त होने का प्रचार नहीं करता। ये भी तो हो सकता है कि देश के लिये मेरा प्रेम दिखालने का तरीका आम लोगों से थोड़ा अलग हो। जब इस महीने में मुझे सोसाइटी का चेयरमैन बनाया गया उसी दिन मैंने सबसे पहले इस नियम को तोड़ने की ठान ली थी, कि झण्डोत्तोलन सोसाइटी का चेयरमैन नहीं करेगा। जब हमारी सोसाइटी में हमसे बुजुर्ग मौजूद हैं तो ये अधिकार पहले उनका होना चाहिए। ऐसी और भी कई बातें हैं पर अब 8 बजने को है, सो चलिए, झण्डोत्तोलन करें। फिर उसके बाद आपका वो "राष्ट्रगान" भी तो गाना है, अतुल जी ने थोड़ा मुस्कुराते हुए कहा।

हम सब ने मिलकर अंकल (विवेक के पिताजी) को बण्डी पहनायी और झण्डे की तरफ बढ़े। रस्सी दो तीन बार खींचने के बाद भी झण्डा नहीं खुल पा रहा था और उस वक्त में सोचने लगा कि शायद ऐसी बहुत सी गाँठें हैं, जिनसे अब भी हमें आजाद होना बाकी है और तभी अतुल जी ने रस्सी को थोड़ा जोर से पकड़कर एक बार झटक दिया और झण्डा खुल के हवा में लहराने लगा और प्यारे-प्यारे छोटे बच्चों ने टूटी-फूटी भाषा में राष्ट्रगान गाना शुरू कर दिया।

उस दिन के बाद से अतुल जी के लिये मेरा एक नया नजरिया बन गया है। एक बात और है, उस दिन के बाद अब मैं देशभक्ति वाले गाने हों या अरिजीत के रोमांटिक, इतने वाल्यूम में ही चलाता हूँ कि आवाज कमरे तक रहे।

# "काम लायक आस्था"

संसार में कोई भी चीज अपने आप में सम्पूर्ण नहीं है। फिर चाहे वो मनुष्य हो, या कोई वस्तु, या कोई रचना, या कोई बात। मौसम, कोई धुन, कोई पीड़ा, कोई खुशी...... कुछ भी सम्पूर्ण नहीं है। और सच भी यही है कि ये अधूरापन ही इस सृष्टि की खूबसूरती है। इस अधूरेपन को पूरा करने की जो भूख और लालसा है, वही जीवन को आगे बढ़ा रही है। पर मैं सोचता हूँ कि क्या सचमुच कोई भी ऐसी चीज़ नहीं हैं जो अपने आप में सम्पूर्ण हो। 'आस्था' क्या है! हाँ 'आस्था' क्या है!! आस्था शब्द कितना सम्पूर्ण है या पूरा है! ये जो हम बोलते हैं कि 'ईश्वर में थोड़ी आस्था रखो' तो ये क्यों

कहते हैं! क्या आस्था थोड़ी सी कम या ज्यादा भी हो सकती है। हम आस्था के साथ ये थोड़ा और ज्यादा क्यों लगा देते हैं। सोचने की बात है ना!

वैसे बहुत ज्यादा जोर दे के सोचने की बात भी नहीं है। दरअसल, हम जैसे पलते और बढ़ते हैं, या यूँ कहिए कि हमें जैसे पाला और बढ़ाया जाता है, उस परिवेश में कुछ भी सौ प्रतिशत कर पाना बहुत नामुमकिन बताया गया है। घर में कोई मेहमान आते हैं तो हमें बता दिया जाता है कि मेहमान के सामने काम लायक ही बोलना है (हमें ये नहीं सिखाया जाता कि मेहमान आये तो हमें क्या क्या बोलना चाहिए और बाकी चीजें क्यूँ नहीं बोलनी चाहिए)।

सालभर हमारे देश के पिताजी अपने बच्चों की पढ़ाई पर न जाने कितना खर्च कर देते होंगे। पर जरा सोचिए, परीक्षा के परिणाम निकलने वाले दिन बस ये प्रार्थना करते हैं कि, 'हे ईश्वर बस किसी तरह काम लायक नम्बर आ जाये'। भले ही सबसे करीबी रिश्तेदार के लिये गिफ्ट खरीदने गये हों पर मन से पता नहीं क्यों, ये अनायास हीं निकल जाता है कि 'फलां रेंज में कोई काम लायक गिफ्ट दिखा दीजिए'। खाने में काम लायक नमक, शादी में काम लायक बजट, नौकरी में काम लायक कम्पनी और तो और हमें इतने पर ही खुश करा दिया जाता है कि और क्या चाहिए तुम्हें, अच्छी खासी काम लायक जिन्दगी कट तो रही है।

ये काम लायक वाला डायलॉग धीरे-धीरे हम पर इतना हावी हो जाता है कि हम परफेक्शन के लायक बचते ही नहीं। हमें धीरे-धीरे ये भ्रम होने लगता है कि सौ प्रतिशत जैसा कुछ होता ही नहीं है। 'परफेक्शन' तो बस एक काल्पनिक पात्र है जिसका वास्तविकता से कोई लेना देना नहीं पर ऐसा नहीं कि सबके साथ ऐसा होता है। हमारे कुछ पूर्वजों ने सौ प्रतिशत जैसा कुछ करना चाहा, पर

उन्हें जलील किया गया, खरी खोटी सुनायी गयी और आखिरकार उनके आस-पास वालों ने खींच तान के उन्हें 97-98 प्रतिशत पर पहुँचाकर ही दम लिया। आज भी 100 प्रतिशत वालों को स्पेशल केस बताकर ऐसे साइड कर दिया जाता है जैसे वो कोई अछूत हो। आपको उनसे प्रेरित भी नहीं होने दिया जाता। हमारे बड़े बुजुर्ग डरते हैं कि कहीं ये लाइलाज रोग मेरे सीधे-साधे और साधारण बच्चे को न लग जाये।

भला आप ही सोचिए ना, एक ऐसी दुनिया की कल्पना जहाँ सब परफेक्ट है। काम लायक कुछ भी नहीं है। आप हमेशा केवल सच बोलते, जरा सा भी झूठ नहीं, सरकार कहे कि वो गरीबी दूर कर देगी तो सच में पूरी गरीबी दूर कर दे, अब उसमें आधी गरीबी या एक चौथाई टाइप का कोई नाटक ना हो, पूरी मतलब 100 प्रतिशत पूरी। कोई कहे कि मैं दसवीं तक पढ़ा हूँ तो वो दसवीं तक का सब जानता हो। ये नहीं कि केवल सर्टिफिकेट दसवीं का हो और 13 का पहाड़ा पूछने पर पसीने छूट जायें। अगर कोई मंच पर खड़ा होकर बोले मैं आपका बस दो मिनट लूँगा तो वो बिल्कुल दो मिनट बाद अपना भाषण बन्द कर दे। आपको केवल और केवल अपनी ही पत्नी खूबसूरत लगे और बाकियों की तरफ नजर पड़ते ही आपके अन्दर तुरन्त एक अपराध बोध पैदा हो जाये। आप विद्या कसम खाकर कुछ गलत कह दें तो उसी समय आपकी पूरी विद्या नष्ट हो जाये। मतलब आपको क, ख, ग भी याद नहीं रहे .......... एक मिनट, ये हंसने की बात नहीं है, पर 100 प्रतिशत परफेक्ट तो ऐसा ही होता होगा ना!! अब जरा आप ही सोचिए, कोई आज के समय में अगर ऐसी अपेक्षा करे तो आप उसे पागल क्यों नहीं समझेंगे?

मुझे ये पागलपन वाली बीमारी है। पर मेरे पड़ोस के सुशील जी पहले पैराग्राफ वाले टाइप के व्यक्ति हैं। जी हाँ, वो काम लायक

वाले आदमी हैं। या यूँ कहिए कि वो प्रैक्टिकल हैं। सुशील जी और हम एक ही कम्पनी में हैं और पड़ोसी भी, और पड़ोसी भी ऐसे, कि मतलब, बहुत अच्छे पड़ोसी। हमारे रिश्ते इतने अच्छे हैं कि हर दो दिन पर हमारा और सुशील जी का परिवार साथ बैठकर रात का खाना लेते हैं। मैंने खाने का उदाहरण इसलिए दिया ताकि आपको ये भी अन्दाजा हो जाये कि सिर्फ हमारे ही नहीं हमारी पत्नियों के भी आपसी रिश्ते ठीक ठाक हैं।

एक-आध बातों को छोड़ दें, तो हमारे और सुशील जी के, विचार भी बहुत हद तक मिलते हैं। कभी कभी तो हमारी पत्नियों को ऐसा लगता है कि पिछले जनम में, मैं और सुशील जी कृष्ण बलराम या राम भरत की जोड़ी रहे होंगे। ऐसा उन्हें, हमारा आपसी प्यार देख कर लगता है। अच्छा, राम भरत और कृष्ण बलराम वाले संवाद से याद आया कि हमारे और सुशील जी के विचार जिन एक-आध चीजों में आपस में नहीं मिलते उनमें से एक है धर्म और आस्था। यहाँ मैं नई पीढ़ी के पाठकों को ये स्पष्ट कर दूँ कि आस्था किसी लड़की का नाम नहीं बल्कि एक संज्ञा है, और इससे मिलते-जुलते शब्द हैं राय, विचार, सहमति इत्यादि।

वैसे ये धर्म और आस्था बहुत संवेदनशील विषय हैं। अगर आप मुझे थोड़ा खुलकर बोलने की छूट दें तो मैं आस्था शब्द को एक ब्राण्ड कहना चाहूँगा। आपने कोई संकेत नहीं दिया तो मैं समझ के चल रहा हूँ कि आस्था को मेरे द्वारा एक ब्राण्ड कहे जाने से आपको कोई अधिक आपत्ति नहीं है। आज के इस तेज मार्केटिंग के दौर में एक नमक का पैकेट और टूथ पेस्ट जैसी रोज काम आने वाली चीज को भी मार्केट में चलाने के लिये एक मजबूत ब्राण्ड की जरूरत पड़ती है। उन ब्राण्ड की लिस्ट में एक है 'आस्था'। आप आस्था को हल्के में न लें। आस्था के नाम पर आज पूरे बाजार में

कितने धन्धे धड़ल्ले से चल रहे हैं और कितने प्रोडक्ट ताबड़तोड़ बिक रहे हैं, इसका शायद आपको एहसास भी नहीं होगा। आस्था है ही इतना पावरफूल ब्राण्ड। कभी-कभी मैं सोचता हूँ कि आस्था शब्द ने अपने ब्राण्ड नाम के अन्दर सबसे पहला कौन सा प्रोडक्ट या सर्विस लॉन्च की होगी। मुझे ऐसा अनुमान है, या शक है, कि आस्था नामक ब्राण्ड के अन्दर सबसे पहले धर्म को लान्च किया गया होगा। यानी कि किसी ने ऐसा कह दिया होगा कि "जो धर्म में आस्था रखते हैं वहीं मरणोपरान्त ऊपर स्वर्गलोक में स्थान पाने के योग्य हैं"। मतबल, बिल्कुल यही नहीं कहा होगा पर इसके जैसा ही कुछ कहा होगा। यानी कि अगर आपको धर्म के रास्ते होते हुए स्वर्ग वाली सर्विस लेनी है तो आपको आस्था ब्राण्ड का सहारा लेना पड़ेगा।

लेकिन एक मिनट, ठहरिये। आप मुझसे ये सब क्या और क्यों कहवा रहे हैं। मुझे न आस्था का ज्ञान है, न धर्म का और न मैं उसका कोई प्रचारक हूँ। मैं तो यहाँ अपने पड़ोसी मित्र सुशील जी के 'आस्था' नामक शब्द पर उनके बड़े अनिश्चित विचारों और व्यवहारों का जिक्र कर रहा था।

सुशील जी की अलग ही दुनिया है। उनकी दुनिया में जो ईश्वर हैं, और जो प्रथाएँ हैं, वो सब जुगाड़ू नेचर के हैं। मतलब उनकी अपनी प्रथाओं और उनके ईश्वर के लिए जो आस्था है वो बहुत सौलिड नहीं है। उसे उन्होंने फ्लेक्सिबल और अडजस्टेबल बना के रखा है। मैं आपको उदाहरण से समझाता हूँ ..... वो कभी कहते हैं बच्चे भगवान का रूप होते हैं और ठीक अगले ही पल अगर उनका बच्चा चॉकलेट लेने की जिद कर दे तो उसे एक थप्पड़ रसीद कर देते हैं। मतलब भगवान के अवतार पर हाथ उठाना आस्था के साथ खिलवाड़ ही हुआ ना। और सुनिए .... कहते हैं ईश्वर और भगवान

हर जगह मौजूद हैं पर ईश्वर से जब मिलना हो तो मन्दिर तक जाते हैं। मन्दिर में भी मैंने नोटिस किया है कि पूरब दिशा की तरफ मुँह करके ही हाथ जोड़ते हैं, मतलब उस वक़्त उनका 'ईश्वर सब जगह विराजमान हैं' वाला कान्सेप्ट पूरा बदल जाता है।

एक और मजेदार बात, जीव हत्या करके मुर्गा खाते हैं पर यहाँ भी उनके अपने सिद्धान्त और अपनी आस्थाएं हैं। जैसे, मुर्गा को सामने कटा देख लिया तो उस दिन नहीं खाएंगे। हलाल किया हुआ दे दो तो नहीं खाएंगे। झटका खिला दो तो खाएंगे। पूजा-पाठ के दिन नहीं खाएंगे व नवमी के दिन बली दे के खाएंगे। वृहस्पतिवार और मंगलवार को नहीं खाएंगे बाकी दिन खाएंगे (उन्होंने बीच में शनिवार को भी खाना छोड़ दिया था, वो तो बाद में उन्होंने देखा कि कम्पनी की जितनी भी शानदार (नॉन वेज वाली) पार्टियाँ हैं वो सब अमूमन शनिवार को ही होती हैं सो फिर उन्होंने शनिवार को अपनी आस्था वाली लिस्ट से हटा दिया। अच्छा, इस पर भी एक कदम आगे, अगर गलती से वृहस्पतिवार या मंगलवार को मुर्गा का निवाला गले में उतर गया तो गंगाजल से खुद को पवित्र करके इसके प्रभाव को कम कर देने की कला भी जानते हैं।

गंगाजल से याद आया, जिस तरह देश की कानून व्यवस्था में कुछ पेंच (शायद जानबूझकर) ऐसे खोलकर रखे गये हैं जो आपको कभी भी और किसी भी परिस्थिति में से सकुशल बाहर निकाल सकने की क्षमता रखते हैं, ठीक उसी तरह हमारे धर्म क्षेत्र में भी कुछ एक ऐसे प्रावधान बना दिये गये हैं जो आपको पाप करने के लिये सदैव प्रोत्साहित करते रहेगें। अब देखिए ना गंगा नदी को माँ कम और 'पाप धोने वाली नदी' के रूप में ज्यादा मशहूर कर दिया गया है। आप 100 खून करके बस गंगा जी में एक डुबकी लगा आयें, धर्म ये गारण्टी देता है कि ऊपर आपको स्वर्गलोक की

प्राप्ति होगी, क्योंकि आपने गंगा जी में डुबकी लगा दी थी। ये अलग बात है कि, जो सौ लोग आपने मारे हैं उन्हें जलाने के बाद उनकी अस्थियाँ भी इसी गंगा में बहायी जाती हैं, सो वो भी आपसे बदला लेने उसी स्वर्गलोग में मिलेंगे।

हाँ तो मैं सुशील जी के वृहस्पतिवार वाले टॉपिक पर था। अगर उन्हें किसी ने धोखे से इस रोज मुर्गा खिला दिया तो वे तुरन्त रूम पर आकर पहले अपने कपड़े उतारेंगे (मतलब मेरे सामने नहीं, अपने बाथरूम में जाकर), जल से स्नान करेंगे और फिर दो बूँद गंगाजल छींट के पवित्र हो जायेगें। बस हो गया मुर्गा का इफेक्ट कैंसिल। वैसे देखा जाये तो धर्म पंडितों के हिसाब से ये तार्किक भी है। आप एक इन्सान को मार दो तो बड़ा खून कहलायेगा, वैसे में आपको पूरे गंगाजल में डूबकी लगानी पड़ेगी, मगर अगर आपने 1-2 किलो का मुर्गा मार दिया है तो वैसे में एक-आध बूँद गंगाजल मोर दैन सफिसिएण्ट है। है कि नहीं!!

पर आपने ध्यान दिया होगा कि मैंने शुरू में ही सुशील जी को एक प्रैक्टिकल इन्सान भी कहा है और वो इसलिए कि आज एक इंसान के लिए शत प्रतिशत आस्थावादी होना लगभग नामुमकिन है। आस्था की जंजीर में बँधा हुआ कोई बेचारा एक कदम भी आगे नहीं बढ़ पाये। एक उदाहरण लीजिये ..... अगर मैं आज से जीव हत्या न करने की कसम खा कर किसी मंदिर से लौटूँ, तो मेरे लौटने तक में ही रास्ते में ना जाने कितने छोटे मोटे कीड़े मकोड़ों की मेरे पैरों तले कुचलने से जीव हत्या हो जाये। और सच भी यही है कि सच्ची आस्था का बोझ इतना है कि अगर आपने इसे एक बार अपने सर चढ़ा लिया तो आप उसके वजन तले वहीं बैठ जायेंगे और एक कदम भी आगे नहीं बढ़ पायेगें।

जी हाँ, इसलिये तो सुशील जी को मैं प्रैक्टिकल मानता हूँ क्योंकि वो अपने जीवन की गाड़ी 'काम लायक आस्था' भर से बहुत सकुशल चला रहे हैं। अगर सुशील जी भी मेरी तरह सच्ची आस्था के चक्कर में पड़ जायेंगे तो और कुछ हो ना हो पर कम से कम, उन्हें अपने पसन्दीदा मुर्ग, मछलियों से आजीवन के लिये हाथ धोना पड़ जायेगा। यहाँ एक और बात, सुशील जी खाने-पीने (वो वाला पीना नहीं) के बहुत शौकीन हैं। अच्छा स्वादिष्ट खाना उनसे छूट नहीं सकता है या यूँ कहिये कि उनसे बच नहीं सकता है। उस पर अगर, बात मांस-मछली की हो तो सुशील जी बहुत इमोशनल होकर खाते हैं। देखिये, सबकी अपनी पसन्द-नापसन्द और आस्थाएं हैं। सुशील जी को मैं 4 साल से जान रहा हूँ। मेरी जानकारी के अन्दर उन्होंने एक बार भी अपना ये मंगलवार और वृहस्पतिवार वाला व्रत नहीं तोड़ा है (ये अलग बात है कि बाकी दिनों इन्होंने शहर के मुर्ग मछलियों का जीना भी हराम करके रखा हुआ था)।

उन 4 सालों में एक दिन का बहुत मजेदार वाकया याद आता है। (मैं ऊपर ये बताना भूल गया कि सुशील जी को मेरी माँ के हाथों का बना खाना बहुत स्वादिष्ट लगता है सो वो अक्सर अधिकार से अपने पसन्द की चीजें माँ से बनवाने चले आते हैं। और माँ भी उनके पसन्द को देखते हुए हर 4-5 दिन पर उनके लिये कुछ न कुछ बनवा के घर पर भेजवा देती हैं)। ये बात होगी कोई अक्टूबर महीने की (साल और दिन मुझे याद नहीं)। तब मैं और मेरी पूरी फैमिली पटना से लौट कर आये थे (अक्टूबर का महीना भी इसलिए याद है क्योंकि दशहरा की छुट्टियों में हम पटना गये हुए थे, त्योहार मनाने)। हमारा पटना आना-जाना कार से हुआ करता है। सो इस हिसाब से हम अगर सुबह कार से चलते हैं, तो कम्पनी पहुँचते-पहुँचते शाम हो जाती हैं। वैसे में हम दोनों परिवारों में ये तय रहता है कि जब एक परिवार कहीं से लौटकर आयेगा

और उस वक्त अगर दूसरी पार्टी वहीं है, तो खाना बना के तैयार रखने की जिम्मेदारी उसकी रहेगी पर ऐसा करने के लिये कोई बाध्य नहीं है। लेकिन हम दो परिवारों के रिश्ते इतने अटूट हैं कि ये सब बोलने की जरूरत भी नहीं पड़ती है।

सो मुझे याद है कि हम मंगलवार के दिन पटना से लौटे। पटना की ताजा मछलियाँ मुझे और मेरी माँ को बहुत ज्यादा पसन्द हैं, सो हम जब भी वहाँ से लौटते हैं तो माँ मछलियों को तल के साथ में रख लेती है और फिर हम, उसे यहाँ 2-3 दिनों तक नाश्ते और खाने में जमकर चलाया करते हैं। उस रोज भी हमने वही किया। पटना से लौटते-लौटते हमें 8 बज गये। जैसा कि हम हमेशा करते हैं, सो यह पहले से तय था कि हमारा खाना सुशील जी के घर पर रहेगा। बस अन्तर ये था कि माँ की तरफ से सुशील जी के लिये अलग से ताजा मछली वाला सरप्राइज भी साथ में था। इस पूरे कार्यक्रम के दौरान हमारे दिमाग में बस ये बात नहीं आयी कि उस रोज मंगलवार था। हमारे दिमाग में ये बात इसलिये भी नहीं आयी कि हम मंगलवार जैसा कुछ मानते नहीं हैं।

मगर असली धर्म संकट सुशील जी के सामने आ चुका था। जब हम सारे लोग एक साथ खाने बैठे तो सुशील जी की स्थिति बहुत दयनीय बनी हुई दिखी। एक तरफ माँ के हाथ की बनी हुई ताजा मछलियाँ और दूसरी तरफ दीवार पर टँगी कलेण्डर से नजर आता मंगलवार का दिन। इन दोनों की लड़ाई में सुशील जी की आस्था की आत्मा का दम घुटने लगा। मेरा एक बार मन हुआ कि उन्हें खाने को कह दूँ और उसके बाद वो गंगाजल वाला आइडिया ....... लेकिन, ऐसा बोलने में मैं पाप का सीधा भागी बन रहा था।

सुशील जी ने बड़े दुःखी और निराश मन से एक रोटी किसी तरह आलू गोभी वाली सब्जी के साथ खायी और ये घटना तब

की है जब उनके ठीक सामने बैठा मैं उसी वक्त दाँत में फँसे हुए मछली के काँटे को बाहर निकाल रहा था। ठीक उसी वक्त मानो जैसे सुशील जी के अन्दर से एक तेज प्रकट हुआ और उन्होंने एक बड़ा निर्णय लिया। अभी रात के 9 बज रहे हैं और एक बार फिर उन्होंने वैसा ही कुछ किया जो वो अक्सर से करते आये हैं। मंगलवार के वार पर सुशील जी का जुगाड़ भारी पड़ गया। उन्होंने ये निर्णय लिया कि मैं खाना 3 घण्टे और एक मिनट के बाद खाऊँगा। कैलेण्डर के हिसाब से रात 12 बजे के बाद बुधवार काउंट हो जाता है, सो ऐसे में मांस या मछली खाने से कोई दोष नहीं लगता।

उनके मुँह से ये बातें सुनकर मेरा एक बार को मन हुआ कि उनके पैर छू लूँ। सुशील जी ने अपने तर्क से दिन और ग्रहों के साथ जो खिलवाड़ किया या करते रहते हैं वो अतुलनीय हैं। मगर मैं हमेशा से उन्हें प्रैक्टिकल भी तो इसलिये कहता आया हूँ। ये कहने या लिखने में ठीक नहीं लगता कि सुशील जी, आस्था के साथ हमेशा खिलवाड़ करते हैं पर हाँ, सुशील जी जैसे लोगों की जिन्दगी की गाड़ी ऐसे "काम लायक आस्था' के भरोसे बड़े आराम और सुकुन के साथ आगे बढ़ रही है और मैं उसे रोकना भी नहीं चाहता, क्योंकि वो कहते हैं ना 'अपनी-अपनी आस्था, अपने-अपने राम..।'

# "मांगलिक"

पिता जी के एक बहुत पुराने दोस्त थे, अनिल शर्मा। हम लोग उन्हें शर्मा अंकल कह के बुलाते थे। आप भी एक बार के लिए शर्मा अंकल ही पकड़ के चलिए। शर्मा अंकल की दो बेटियां हुआ करती थीं; मतलब अभी भी हैं। लड़कियों की उम्र लगभग हमारे जितनी ही होगी यानि कि मैं बात कर रहा हूँ तब की जब बड़ी वाली लड़की 25-26 के आसपास रही होगी। श्रुति नाम था उसका। मुझे इसलिए भी याद है क्योंकि हम लोग एक साथ ही कोचिंग में

जाते थे। मैं आपलोगों को यहीं पर एक बात क्लियर कर दूँ, कि ये जो मैं बार बार बोल रहा हूँ कि मैं श्रुति का नाम क्यों जानता था, या श्रुति की उम्र क्या थी वगैरह वगैरह, तो आप इससे ये अनुमान मत लगा लीजियेगा कि आगे जा के ये हिंट मेरी और श्रुति की प्रेम कहानी का रूप ले लेगी। कोई जरुरी नहीं कि एक लड़का अगर दूसरी लड़की की उम्र की बात करे या उसके साथ कोचिंग जाये तो वो उस से प्यार करता है। मेरी इस कहानी का प्लॉट प्यार के विषय से बिलकुल अलग और अनछुआ है। अच्छा चलिए, मैं आगे से श्रुति को श्रुति दी कहूँगा, जो मैं सच में उन्हें कहा भी करता था। कम से कम इससे पाठकों में मेरे और श्रुति के रिश्ते को लेकर समय असमय भ्रम जैसा कुछ नहीं होगा।

हाँ तो ऐसा है कि, शर्मा अंकल; श्रुति दी के पिताजी, में ऐसा कुछ भी नहीं था जो उन्हें औरों से अलग कर सके। यहाँ तक कि वो भी करोड़ों बापों की तरह आधा दिन अपनी बेटियों की चिंता में ही खोये रहते थे। नहीं, बेटियों की पढाई की चिंता नहीं, उनकी सगाई की। खासकर श्रुति दी उनका एक लॉन्ग अवेटेड प्रोजेक्ट बनी हुई थीं।

कारण दो थे।

एक तो ये कि श्रुति का रंग थोड़ा कम था। वैसे मुझे ये अभी तक समझ नहीं आया कि लड़कियों का साँवला रंग होना आज भी 85 प्रतिशत भारतीय परिवारों में चिंता का विषय क्यों बना रहता है! मैं उन 85 प्रतिशत में से 40 प्रतिशत माँओं और बापों को अनुरोध कर सकता हूँ कि इन बच्चों को बड़े होकर भी न जाने कितने भेद भावों का सामना करना है, सो उनके मत्थे ये एक और रंगों का भेदभाव वाला बीज न डालें। ये इतना कुछ शायद झेल नहीं पाएंगे। बाकि 45 प्रतिशत माँ और बाप इतने ढीठ हैं कि उनके

सामने अनुरोध करने का कोई फायदा नहीं। उनकी राय इस विषय में पक्की है कि अगर लड़की का रंग साँवला है तो शादी में; होने में नहीं, ठीक करने में; बहुत मुश्किल होगी और दहेज़ भी ज्यादा देना पड़ेगा। शर्मा अंकल ये 45 प्रतिशत वाले बापों में आते थे, यानि की ढीठ वाले।

मैंने तो यहाँ तक नोटिस किया था कि उन्हें श्रुति के साथ कई बार बाहर भी निकलने में शर्मिंदगी होती थी। वो इस कलर वाले टापिक पे कुछ ज्यादा हीं कंसर्न थे। उन्हें ऐसा लगता था कि श्रुति को स्कूटर पे उनके पीछे बैठे अगर किसी ने देख लिया तो वहीं पर गाड़ी रुकवा के शर्मा जी का कॉलर पकड़ लेगा और बोलेगा कि "आखिर तेरी जुर्रत कैसे हुई कि तूने एक साँवली लड़की को पैदा किया। और पैदा किया तो किया, इसे घर से बाहर कैसे लेकर आ गया। साँवली लड़कियों को घर में कोसने के लिए रखा जाता है, न कि बाहर घुमाने के लिए। ऐ मतलबी बाप, क्या तुझे हमारे जवान लड़कों पे जरा भी तरस नहीं आता, जिन्हे हमने पढ़ा लिखा के इसलिए बड़ा किया है कि गोरी लड़कियों से उनकी शादी करवाएं या कम से कम जब वो तरोताजा महसूस होने के लिए घर से बाहर निकलें तो गली मोहल्ले में गोरी-चिट्टी लड़कियां घूमती नज़र आएं न कि काली या सांवली"।

ऐसा मैं नहीं कह रहा हूँ। मुझे लगता है कि शर्मा जी ऐसा कुछ सोचते होंगे, अपने मन में। तभी तो उन्हें शर्मिंदगी होती थी, श्रुति दी के साथ कहीं बाहर जाने में। उम्मीद है आप महसूस कर रहे होंगे की शर्मा जी चिंतित क्यों रहते थे।

पर ये तो सिर्फ उनकी एक चिंता थी, नहीं नहीं आप ऐसे डरें मत। अगला विषय भी चिंता के लेवल का नहीं है, पर करें क्या! चिंतित होना शर्मा जी का स्वभाव है। और लोगों के स्वभाव को

आप इतनी जल्दी नहीं बदल सकते; कम से कम उस व्यक्ति के जीवन काल तक तो बिलकुल ही नहीं।

हाँ तो अब आपका फोकस सेट करते हैं शर्मा अंकल की दूसरी चिंता की ओर। श्रुति मांगलिक थी। जी हाँ। यही, यही चिंता वाला एक्सप्रेशन; जो इस वक्त आपका आ रहा है, शर्मा अंकल का भी आया था, जब उन्हें पहली बार ये बात पता चली। अब सवाल ये है कि उन्हें ये बात पता कैसे चली! ऐसा उन्हें श्रुति ने नहीं बताया बल्कि किसी तीसरे से पता चल गया। मतलब पता भी ऐसे नहीं चला कि एक दिन क्लास टीचर ने डायरी में अभिभावकों को लिख के भेज दिया कि ऐसा है कि आजकल हम श्रुति के स्वभाव में कुछ बदलाव देख रहे हैं और हमें ऐसा संदेह हैं की शायद श्रुति मांगलिक हो; या फिर अचानक से जब वो बैटमिंटन खेलते वक्त गिर गयी होगी तो डॉक्टर ने हड्डी की जाँच करते-करते ये कह दिया होगा कि आप की लड़की में तो मांगलिक होने के पूरे लक्षण दिख रहे हैं; या फिर जब बचपन में वो चार सहेलियों के साथ कहीं छत पे खेल रही होगी तो एक ने उसे चिढ़ा के मांगलिक कह दिया होगा इत्यादि-इत्यादि। मतलब आप समझ गए न कि श्रुति मांगलिक है, ऐसा किसी के कहने पे शर्मा अंकल थोड़े ही मानते! उनकी ये वाली इनफार्मेशन; श्रुति दी के मांगलिक होने वाली, पूरी ऑथेंटिक और वेरिफाइड थी। क्योंकि ऐसा उन्हें एक ज्योतिष ने बताया हुआ था। बताया क्या था!! वो खुद श्रुति की डेट और टाइम ऑफ़ बर्थ ले कर गए थे ज्योतिष के पास। फिर कंप्यूटर मे एक सॉफ्टवेयर रन करके उस ज्योतिष ने बड़े चिंता और अफ़सोस के साथ शर्मा जी को ये बताया कि उनकी ये बेटी तो मांगलिक निकल गयी। शर्मा अंकल के दिल पे उस वक्त (मेरे पिताजी ने ऐसा बताया था) दुखों का ऐसा वज्रपात हुआ मानो ज्योतिष ने श्रुति दी को लड़की के बजाय लड़का घोषित कर दिया हो।

खैर अब होनी को कौन टाल सकता था। श्रुति दी का मांगलिक होना और शर्मा अंकल का 1000 रुपया खर्चा होना, ये सब विधि का विधान था। उस रोज 1000 रूपये ज्योतिष की फ़ीस देकर शर्मा जी बड़े उदास मन से ए-4 साइज़ में श्रुति की कलर्ड कुंडली लेकर घर लौटे। अब ग्रहों और नक्षत्रों से तो कोई आज तक लड़ नहीं सका है, पर उस रोज शर्मा अंकल की अपनी खुद की बीवी से बहुत लड़ाई हुई। उन्होंने रास्ते में लौटते-लौटते तक ये निष्कर्ष निकाल लिया था कि उनकी बेटी के मांगलिक होने में कहीं ना कहीं से उनकी बीवी ही जिम्मेदार हैं और थोड़ा-मोड़ा दोष तो श्रुति में भी रहा होगा जो वो मांगलिक निकली। आखिर इसी घर में उनकी दूसरी बिटिया भी हुई हैं, उनमें तो मांगलिक वाले कोई लक्षण नहीं!! बस इसी आत्मविश्वास के भरोसे उस रात 4.5 घंटे चली बहस में शर्मा अंकल ने अपनी पत्नी से ये मनवा हीं लिया कि हाँ, सारा खोट उनमें और उनकी बेटी में ही है। इस मामले में शर्मा अंकल बहुत अच्छे इंसान हैं। वो बात को कल के लिए नहीं टालते।

अब ऐसा था कि जो बात दरअसल में समस्या थी ही नहीं, उसे शर्मा अंकल ने बहुत बड़ी समस्या बनाकर ऐसा नैरेट और प्रमोट किया कि देखते हीं देखते श्रुति और उसकी कुंडली सम्पूर्ण घर के आकर्षण का केंद्र बन गयी। शर्मा अंकल की इस नाराजगी और चिंता का असर धीरे-धीरे घर की छोटी-मोटी गतिविधियों में भी अब साफ-साफ देखा जाने लगा। फिर चाहे वो खाने की मेज़ पे ठंडी रोटी और कच्चे रह गए आलुओं का बहाना हो, चाहे कमरे में ठीक से झाड़ू ना लगने का मुद्दा, चाहे कपडे कड़क प्रेस न हुए रहने की शिकायत हो या चाय ज़रा देरी से मिलने पे झुंझला के दिया गया ताना। शर्मा अंकल का उखरापन इन छोटे-मोटे संकेतों में साफ साफ देखा और पाया जाने लगा।

ऊपर एक-आध जगहों पे मैंने फिर से श्रुति दी को केवल श्रुति कह कर संबोधित कर दिया था। मैं अब फिर से श्रुति को दीदी कहकर बुलाना शुरू कर रहा हूँ, क्योंकि आगे के दो चार पैराग्राफ मेरे और श्रुति दी पे ही केन्द्रित हैं, तो पाठकों को पढ़ने के दौरान, मेरे और श्रुति दी के पवित्र रिश्ते की क्लियारिटी बनी रहे। श्रुति दी मेरे काफी क्लोज़ थीं, और अमूमन घर की सारी बातें मुझसे कैज़ूअली शेयर करती रहती थीं। ये बात तो खैर कैजुअल थी भी नहीं सो इस बात का मुझ तक पहुँचना बिलकुल जायज़ था। श्रुति दी ने एक शाम मुझे छत पे बुला के ये दुःख भरी रामायण कथा सुना दी। रामायण याद तो है न! सीता जी के दुख में बह रही पूरी रामायण, राम जी पे केन्द्रित हो के समाप्त हो गयी। इस कहानी की सीता तो श्रुति दी थी, ये पक्का था, बस राम कौन थे, ये तय नहीं हुआ था। तो ऐसा है कि श्रुति दी ने मुझे घर की सारी रामायण सुना दी। मुझे उस दिन ये भी समझ आया कि श्रुति दी बहुत समझदार हैं। ऐसा मैं इस लिए कह रहा हूँ, क्योंकि जब उन्होंने ये सारा किस्सा मुझे सुनाया तो मैं ये महसूस कर रहा था कि उनकी चिंता का मुख्य केंद्र उनका खुद का मांगलिक होना नहीं बल्कि इस कारण से घर में माँ और पापा के बीच बढ़ रही अशांति थी।

अब मैंने और श्रुति दी ने इस प्रोजेक्ट को (मांगलिक वाले) बहुत सीरियसली ले लिया, बिलकुल शर्मा अंकल की तरह। काफी मंथन के बाद हमने महसूस किया कि हमारे पास दो ऑप्शन थे। पहला, श्रुति दी की शादी कोई जुगाड़ कर के एक ठीक घर में हो जाये तो अंकल को एक रत्ती भर भी फर्क नहीं पड़ता कि उनकी बेटी मांगलिक थी या अमांगलिक। जुगाड़ ऑटोमैटिक हिट हो जायेगा, क्योंकि चिंता तो बस शादी ठीक करने भर की ही थी। ये मेरा आइडिया था, इसे श्रुति दी ने रिजेक्ट कर दिया। दरअसल इस ऑप्शन में आत्मस्वाभिमान उनके आड़े आ रहा था। वो भी अपनी

जगह सही थीं कि एक ज्योतिष ने 3-4 ग्रह नक्षत्र का पेरमुटेशन कॉम्बिनेशन बिठा के अगले को मांगलिक घोषित कर दिया तो उसके लिए वो क्यों जबरदस्ती किसी भी ठीक-ठाक घर में एडजस्ट हो। मतलब ये उन्हें एक ठीक-ठाक वाला मामला जम नहीं रहा था। उन्हें चाहिए था अनकंडीशनल योग्य वर, बस इससे कम कुछ भी नहीं। तो इस प्रकार ऑप्शन एक को तो हमारे और श्रुति दी की पहली मीटिंग में ही बड़ी निर्ममता किन्तु आपसी सहमति से खारिज कर दिया गया।

अब बारी थी ऑप्शन नंबर दो की। आपने बिलकुल सही गेस किया। हाँ, हम भी यही सोच रहे थे, कि ज्योतिष ने ये रायता फैलाया है तो उसी के हाथों इसे समेटने का कोई रास्ता निकालें। फिर हमने ये भी महसूस किया कि इस पूरी कहानी में सबसे कमजोर कड़ी ये ज्योतिष ही था। सोचिये न, जो आदमी ग्रहों और नक्षत्रों की पोजीशन लोकेट करने जैसा हाई स्किल काम (वो काम जिसके लिए नासा वालों ने न जाने कितने करोड़ के उपकरण लगाये हुए हैं, बस इतना जानने के लिए कि कौन से ग्रह की क्या स्थिति या लोकेशन बनी हुई है) मात्र 1000 रूपये में निपटा देए वो भी हाथों हाथ कलर प्रिंट वाली रिपोर्ट के साथ, उसके ऑथेंटिसिटी का रेट कितना कम होगा!! ये लोग तो दो तीन-हजार में ग्रहों के प्रभाव को भी कम कर देते हैं। और अगर किसी ग्रह को रास्ते से हटाना हैं; मतलब किसी दुसरे घर में ट्रांसफर करना है, तो ये दस-बीस हजार की बाकायदा सुपारी भी लेते हैं। मतलब पूरा विज्ञान जिन ग्रहों और नक्षत्रों के राज को समझने में दिन रात लगा हुआ है, उन ग्रहों और नक्षत्रों की इन ज्योतिषियों की दुकानों में एक रत्ती भर पैसे की भी वैल्यु नहीं है।

तो ऐसा है कि हम ये सब कुछ धारणाएँ बनाकर, 1500 रूपये अपने पॉकेट में, और श्रुति दी की कुंडली बाइक की डिक्की में

रख कर पहुँच गये ज्योतिष महाराज के पास। हमने अपना सारा ऑब्जेक्टिव उन्हें सुना और समझा दिया। हमारी दलीलों का बेस बस इतना सा था कि हमें आपकी ज्योतिष विद्या से कोई सवाल नहीं हैं और न ही हमारी रूचि इस मांगलिक के दोश का काट जानने में है। मांगलिक होने के प्रभाव और दुष्प्रभाव को हम डील कर लेंगे, आप तो बस इस समय श्रुति दी के घर और जीवन में आये इस भूंचाल से छुटकारा दिलाएँ जो आपके मंगल ग्रह से भेजे गए रॉकेट के कारण मचा हुआ है।

सामने वाला प्रोफेशनल निकला। बात अब 1500 या 2000 की नहीं थी, उसे इस काम के 5000 रूपये चाहिए थे। यानि इस डिपार्टमेंट में भी धड़ल्ले से घूसखोरी चल रही है। अब, जब 5000 पर हमने हामी भरी तो फिर तो शुभस्य शीघ्रम्। बस, अब तो किसी भी तरह श्रुति दी को अमंगली (मैंने सही लिखा न, जो मांगलिक नहीं है वो अमांगलिक ही कहलाएगी) घोषित करना है। तो प्लान ऐसा तय हुआ कि किसी भी तरह इस बार शर्मा अंकल और ज्योतिष महाराज को आपस में मिलवाना पड़ेगा, फिर आगे सब ज्योतिष महाराज संभाल लेंगे। ये काम कोई बहुत मुश्किल नहीं था। मैं शाम में ही श्रुति दी को कोई किताब देने के बहाने उनके घर पहुँच गया। श्रुति दी ने ठीक ही कहा था। घर में कोल्ड वार जैसे हालात बने हुए थे। मेरी अंकल से कुछ बोलने की हिम्मत तो नहीं हुई पर श्रुति दी की मम्मी से बातें करनी शुरू की और मेरा बोलने और बैठने का एंगल कुछ इस तरह से था कि मेरी बात शर्मा अंकल भी सुन लें। यहाँ मैं बता दूँ कि हम दोनों परिवार में इतनी घनिष्ठता है कि दोनों घरों के लड़के-लड़कियों को कमरे और किचन तक बड़ी आसानी से एक्सेस मिल जाता है।

बातों-बातों में मैंने आंटी से बस इतना कह दिया कि आपलोग टेंशन मत लें और जाके उसी ज्योतिष से पूछें कि जब लड़की को

मांगलिक बताया है तो कोई मांगलिक वर भी वही ढूंढ़ के दे। और वैसे भी उसके पास दिन में 50 लोग अपने लड़के-लड़कियों की कुण्डलियाँ बनवाने जाते होंगे। ऐसे कितने मांगलिक कुंवारे आपको वहीं मिल जायेंगे और जो नहीं मिले तो कोई अँगूठी वाला उपाय होगा ही, वहीं पैसा देके करवा लीजिये। यहाँ मैंने अपनी बात को और वजनदार बनाए रखने के लिए एक ताना श्रुति दी को भी दे मारा कि "आपके भी दीदी नखरे बहुत हैं। मान जाओ अगर कोई हल्का साँवला या साधारण लड़का भी है, वरना फिर वही कुत्ते और पेड़ से पल्लू बंधवाते फिरना। मांगलिक वाला चक्कर आपको नहीं पता दीदी बड़ा बुरा है"।

मेरा रोल समाप्त। यहाँ मैंने एक बात नोटिस की, शर्मा जी इस पूरे कन्वर्सेशन में एक शब्द भी नहीं बोले पर सुन सब रहे थे। रात में उस रोज फिर भीषण हंगामा हुआ। आंटी शायद मुझे ही कोस रही होंगी, पर जो तीर हमने फेंका था वो अगर निशाने पे लग जाता तो ये काली रात लंका नगरी के राम रावण संग्राम की आखिरी रात होने वाली थी।

तीर सही निशाने पे लगा और सही नहीं बिल्कुल सही निशाने पे। अंकल जी ने बड़े उदास मन से वो कलर प्रिंट वाली कुंडली निकाली और मेरे पिताजी के साथ उसी ज्योतिष महाराज के यहाँ अगली दोपहर को साक्षात प्रकट हुए। ये मिलन हमारे लिए; श्रुति दी और मेरे लिए कोई राम भरत मिलाप से कम नहीं था। पिताजी ने ज्योतिष महाराज के सामने अपनी चिंता और उसके निवारण का गंभीर सा प्रश्न रख दिया। ज्योतिष महाराज ने अपने ड्रावर में से चश्मा निकाला और कुंडली में लड़की का नाम श्रुति पढ़ा और फिर ड्रावर को धीरे से बंद कर दिया। उसी ड्रावर में उन्होंने 5000 रूपये रखे थे सो सारा माजरा समझने में उन्हें कोई बहुत परेशानी नहीं हुई। अब यहाँ से उन्होंने संभाल लिया।

"शर्मा साहब, आप को पक्की तरह याद है कि ये कुंडली मेरे यहाँ बनी है!! नहीं, जो बिटिया का डेट ऑफ़ बर्थ है और मैं जो मंगल का स्थान चौथे-सातवें और आठवें घर में देख रहा हूँ, ये बात सही मेल नहीं खा रही है"। पापा (मेरे पिताजी, जो उस समय शर्मा अंकल के साथ बगल में बैठे थे) ने बताया कि उस वक्त शर्मा अंकल के चेहरे पे जो भीषण आशा और उम्मीद का तेज प्रकट हुआ, वैसा तेज उन्होंने अपनी जिन्दगी में फिर दोबारा नहीं देखा (किसी के भी चेहरे पर)।

"लेकिन अभी इस साल अप्रैल में मैंने आपके यहाँ से ये कुंडली बनवायी है... फिर"!

ज्योतिष ने आगे से बात लोक ली। "अच्छा-अच्छा अब याद आया। तभी मैं कहूँ कि ये गलती कैसे दिख रही है। शर्मा जी पहले तो आप मुझे माफ़ कीजिये। दरअसल आज के इस युग में हम नई और बदलती टेक्नोलाजी में बहुत पीछे हो जाते हैं। दरअसल मेरा ये कुंडली बनाने वाला साफ्टवेयर हर साल मार्च के मार्च रिन्यू और अपडेट करवाना होता है। इस बार एक महीने डिले हो गया था और शायद ये कुंडली पुराने वर्जन वाले साफ्टवेयर से निकली हुई होगी। आप बस 5 मिनट दीजिये, अभी बिटिया की कुंडली लेटेस्ट साफ्टवेयर से निकाल के बनाता हूँ। फिर देखते हैं क्या-क्या दोष निकलते हैं। पर मेरा पूरा अनुमान है, ये लड़की मांगलिक तो नहीं लगती"।

वो 5 मिनट शर्मा अंकल के सब्र की पराकाष्ठा थे। इधर ज्योतिष महाराज ने तो 5 मिनट में सारे ग्रह और नक्षत्र बदल डाले। श्रुति दी की ऐसे धमाकेदार कुंडली निकल के बाहर आई जिसमें न के बराबर दोष और जरुरत से ज्यादा गुण निखर के बाहर आये।

इन ज्योतिषों को अच्छी तरह से पता होता है कि जजमान को ग्रहों और नक्षत्रों का ज्ञान बस उतना ही है जितना इस बात का कि अभी आटा का क्या रेट चल रहा है। और सच भी यही है। हमारे देश के एक नागरिक के पास पहले से ही इतनी समस्याएं और उलझनें हैं कि वो बेचारा कहाँ जाके समझे कि कौन सा ग्रह कौन से घर में बैठता है तो उसके प्रभाव और दुष्प्रभाव फलां-फलां होते हैं। उसके लिए तो एक दूध का फट जाना ही ये मान लेने के लिए काफी है कि मेरी तो दशा हीं ख़राब चल रही है। ऐसे डर के माहौल में धर्म और ज्योतिषी का धंधा बहुत फल फूल रहा है। हो सकता है ये सच भी हो, पर मैं बहुत मुश्किल से हीं मान पाउँगा कि एक पत्थर या रत्न की अँगूठी ब्रह्माण्ड के इतने विशाल ग्रहों और नक्षत्रों पर भी अपना प्रभाव डाल सकती है या होगी।

खैर, हमें इनसे क्या लेना। शर्मा अंकल की ख़ुशी देखते। इसका कोई ठिकाना नहीं था। ज्योतिष महाराज की खुशी उनसे भी दुगुनी थी। हाँ भाई, शर्मा अंकल ने इस खुशी में उन्हें 2000 रूपये की फ़ीस जो दे दी। सब खुश थे। आंटी, शर्मा अंकल और छोटी बहन आरती। बस एक श्रुति नहीं। श्रुति भी खुश थी, बस उसे अन्दर से एक अपराध बोध सता रहा था।

मैंने उस दिन श्रुति दी से दो बातें कहीं।

पहली, अगर ये मांगलिक होना सही में कुछ होता भी है तो आपने तो इस दोष को बचपन में ही ख़त्म कर दिया था। याद है, आप ने कईयों बार लकड़ी के गुड्डों से या खेल-खेल में मेरे या और ना जाने कईयों के साथ अपनी शादी रचवा ली थी, और फेरे भी ले लिए थे। सो ये मांगलिक वाला सारा प्रभाव उस गुड्डे पे या हम पे आना था या आ गया होगा। तो दीदी ऐसा है कि आपका होने वाला वर तो पूरी तरह से सुरक्षित है, सो अब हँस दो।

और दूसरी बात ये है कि अपने इस रूढ़िवादी और डरे हुए समाज में शोषित हो रहे हजारों बेटियों के बाप में से एक, अपने बाप को, आज दर-दर भटकते हुए और रात दिन चिंता में मरे जाने के पाप से बचाया है। सो आप क्यों परेशान होती हो।

अब बस चेहरा थोड़ा अच्छा बनाओ, कपड़े बदलो और जल्दी नीचे जाओ, पता चला है शर्मा अंकल ने आपकी शादी वाली फोटो खींचवाने के लिए फोटोग्राफर को घर पे बुलाया है।

कई साल बीत चुके हैं...

आज श्रुति दी की शादी की आठवीं सालगिरह है। एक बेटी है। बहुत खूबसूरत सी। बिल्कुल अपनी माँ पर गयी है, रूप में भी और गुण में भी। दीदी बता रही हैं कि वो भी मांगलिक है, पर श्रुति दी इस बात से जरा भी परेशान नहीं हैं। धीरज जी, श्रुति दी के पति, इनकम टैक्स में अच्छे अफसर हैं और ये वाली सालगिरह की पार्टी इन लोगों ने एक बड़े शानदार होटल में रखी है। आंटी जी को बहुत दिन बाद देखा, अब चश्मा लगाने लगी हैं। आरती (श्रुति दी की छोटी बहन) अब शायद, शादी के लायक हो गयी है; नहीं उसकी एज देखकर ऐसा नहीं लगता, शर्मा अंकल को फिर से चिंता में देख कर ऐसा लगता है। हाँ, लेकिन जब उनके सामने श्रुति दी का जिक्र छेड़ दो तो ये जरूर कहते हैं कि वो तो भला हो उस ज्योतिष का जिसने सही समय पे कुंडली का दोष दूर कर दिया, वर्ना बिटिया आज तक कुंवारी हीं रह जाती!!

श्रुति दी और धीरज को एक साथ केक काटते हुए देखकर में सोच रहा हूँ, कि ऊपर आसमान में तारे कितने अच्छे लगते हैं। आकाश कितना बड़ा है। ब्रम्हांड कितना विशाल है। पर इस अथाह विस्तार में जो चीज सबसे नजदीक है, वो है ये धरती और इस

पर बसे लोग। हम इन लोगों से रिश्ता बनाने के लिए बेकार ही ग्रहों और नक्षत्रों में घूमते रहते हैं!! इनसे जो गुण मिलने हैं वो इस धरती पर ही मिलने हैं और जो अवगुण टकराने हैं वो भी इसी धरती पे...

# "अगले जनम मोहे जनरल ना कीजो..."

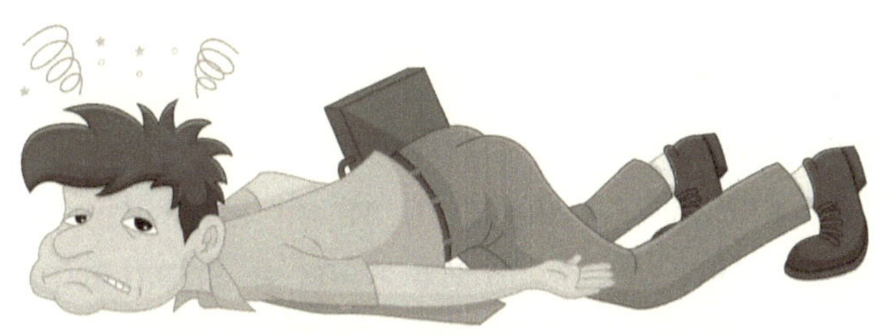

अभी-अभी क्लासिफाइड पर एक विज्ञापन देख कर उठा हूँ। मन बड़ा विचलित है। थोड़ा खुद को लेकर और ज्यादा आप को लेकर।

वैसे देखा जाए तो ये विज्ञापन एक नौकरी को लेकर है सो उससे विचलित होना बहुत स्वाभाविक नहीं होना चाहिए क्योंकि भला नौकरी किसे नहीं चाहिए। किन्तु अगर नौकरी सरकारी हो तो मन ज़रा कचोट जाता है कि, 'हाय, एक और अवसर हाथ से गया'। सो, इसीलिए मन थोड़ा विचलित हो उठा है। बस 10 सीटों की वैकेंसी देखकर ही मन पीछे हट गया और विचलित हो उठा कि मुझ अभागे की किस्मत में ये सौभाग्य कहाँ!!

अरे, एक मिनट, क्या हुआ! आप कहीं ऐसा तो नहीं सोच रहे कि मैं भी कितना बड़ा निराशावादी हूँ कि बस 10 सीटों की वेकन्सी देख कर ही पीछे हट गया और विचलित हो उठा कि मुझ अभागे की किस्मत में ये सौभाग्य कहाँ कि इनमें से एक सीट मुझे मिल जाए!! तो यहाँ मैं बता दूँ कि अगर आपने ऐसा सोचा है तो आप सत्य के बिलकुल करीब हैं! हाँ, ये सरकारी नौकरियां निकलती ही हैं मुझे अपमानित और ज़लील करने के लिए।

कभी-कभी तो मुझे ऐसा लगता है जैसे मेरे किसी दूर के मजाक के रिश्तेदार ने मेरा परिहास करने के लिए अखबार वालों को बोलकर मेरे लिए ये विज्ञापन निकलवाया है। और इतना होने के बाद जब सुबह-सुबह ये अखबार वाला मेरे दरवाजे पर वही क्लासिफाइड से भरा अखबार बड़ी निर्ममता से मेरे मुँह पर फेंक के जाता है तो मुझे ऐसा लगता है मानो ये भी उस आपराधिक साजिश का एक हिस्सेदार हो। और इस प्रकार ये पूरा का पूरा सप्लाई चैन ही मेरी हँसी उड़ाने पर आमादा हो। वैसे इस सप्लाई चैन में कई और भी इनपुट पॉइंट हैं, उन तक मैं बाद में आऊँगा। फिलहाल पकड़ के चलते हैं 'अपमानित' वाली बात को।

अब जरा आप ही बताइये मैं अपमानित महसूस क्यों न करूँ!

जिस वैकेंसी के लिए अभी तक फार्म भी न भरे गए हों; परीक्षा और साक्षात्कार का अभी डेट भी आना बाकी हो, उस परीक्षा का 57 प्रतिशत परिणाम विज्ञापन के साथ ही घोषित कर दिया जाता है (खास कर वो परिणाम, जो मेरे पक्ष में न हो) तो ऐसे में मेरी क्या किसी की भी चिंता बढ़ सकती है।

अभी यहाँ मैं कुछ देर के लिए अपना दुःख दर्द भूल गया हूँ। मैंने सबसे ऊपर एक बात कही थी कि मन विचलित है, खुद को लेकर थोड़ा पर आप को लेकर ज्यादा। मुझे तो आपको सताने में ज्यादा आनंद आ रहा है। तो चलिए आपको थोड़ा परेशान करते हैं। एक बार के लिए मान के चलते हैं; ध्यान रहे मानने के लिए अभी तक देश में पाबन्दी नहीं लगी है, इस पर कानून बनने में अभी समय है। तो एक बार मान के चलते हैं कि किसी सरकारी संस्थान में 10 रिक्त पदों के लिए आवेदन निकले हैं। ये ख़ुशी की बात है। दरअसल बहुत ख़ुशी की बात, जब तक आप बहनोई कैटेगरी में आते हों।

आप आगे पढ़ते रहिये बहनोई कैटेगरी आप खुद ब खुद समझ जायेंगे और जिन जनरल वाले अभागों का प्रतिशत यहाँ कम है (43 प्रतिशत वाले) उन्हें हम आगे से सुविधा के लिए साला कैटेगरी कहेंगे। ये गाली वाला साला नहीं, रिश्ते वाला साला है। ऐसा कहने से किसी भी पक्ष को बहुत बुरा नहीं लगेगा और विवाद तो बिलकुल नहीं उठेगा। यहाँ मैंने ये जो दो कैटेगरी के नामकरण किये हैं वो मेरी पूरी सोची समझी साजिश का हिस्सा हैं। 43 प्रतिशत वाला शोषित और प्रताड़ित वर्ग है सो वो हो गया साला वाली कैटेगरी और ये जो 57 प्रतिशत वाली कैटेगरी है उसके मांग की कोई सीमा ही नहीं, उसके नखरे भी हजार हैं, और उसकी ख़ातिरदारी का पूरा ध्यान रखा जाता है, सो ये हो गयी बहनोई वाली कैटेगरी।

अब, पहले तो आप लोग अपनी-अपनी साइड पकड़ लें कि कौन किस साइड है!! बहनोई के साइड या साले के साइड। अच्छा, एक और बात हो गयी। यहाँ, बहनोई कहकर मैंने एक समुदाय को तो बड़ा बना ही दिया है सो उधर से कम्प्लेन आनी नहीं हैं और रही बात सालों की तो खैर उनका प्रतिशत विज्ञापन में ऐसे ही कम दिखाया गया है सो उनके बुरा लगने से भी किसी को हानि नहीं होनी है, या यूँ कहिये कि वो किसी का भी कुछ बिगाड़ नहीं पाएंगे, क्योंकि विडम्बना ये है कि आज वो माइनॉरिटी में चले गए हैं। फिर ये भी तो सोचिये न कि जिस संस्था का हिस्सा आप बनने जा रहे हों वहाँ के मैजोरिटी से पन्गा ले कौन!! जब आरक्षण 57 प्रतिशत है तो भर्तियां भी 57 प्रतिशत होंगी और भर्तियां 57 प्रतिशत होंगी तो बहनोई वैसे ही मेजोरिटी में आ गए हैं। इतना हिसाब तो आप भी समझ गए होंगे (आखिर आप जनरल हैं, बेवकूफ थोड़े ही)।

देखिये, साले बहनोई की लड़ाई में हम मुद्दे से जबरदस्त भटक चुके हैं। यहाँ तो बात आपकी हो रही है। हाँ, तो मान लेता हूँ कि

आप साले वाली कैटेगरी में आते हैं; वैसे आता तो मैं भी साले वाली कैटेगरी में ही हूँ और मैं भी उन्हीं हजारों लाखों की भीड़ वाला वो साला हूँ जो अपने बहनोई के नखरे सुनते-सुनते अब बुरी तरह से उकता चुका है मगर वो रिश्ता तोड़ के जाए भी तो कहाँ! रहना तो उसे आजीवन उसी बहनोई की खातिरदारी में है।

तो अब ऐसा है कि विज्ञापन के हिसाब से 57 प्रतिशत सीटें बहनोई जी की प्रजाति ने लूट ली हैं। सो उन सीटों का स्वप्न और मोह करना व्यर्थ है। मगर आपकी अग्नि परीक्षा अभी यहाँ ख़त्म नहीं होती। आपने शायद विज्ञापन पूरी तरह से पढ़ा नहीं। आपकी उम्र कितनी है! छोड़िये मैं बताता हूँ, कि अगर आपकी उम्र 28 वर्ष से एक दिन भी अधिक है तो आप इस पद के लिए आवेदन करने का हक़ खो चुके हैं। और इस देश का ऐसा कोई भी कानून नहीं है जो आपको इस जन्म में इस पद के लिए योग्य घोषित कर सकता है। यहाँ आप अपने बड़े बुजुर्गों को भी कोस सकते हैं कि अगर जो उन्होंने आपकी उम्र 6-7 महीने भी कम करा के लिखाई होती तो आज आप इस 10 सीट वाली लड़ाई का हिस्सा बड़े गर्व से बने होते।

वैसे अगर आप बहनोई वाले जमात के होते तो इसी विज्ञापन में एक अच्छी सूचना भी छपी है। इसे सुनाने के पहले मैं आपको बचपन का वो खेल याद दिला दूँ जिसमें जो बच्चा अपनी बैट और गेंद लाता था उसे हम आराम से बॉल डाला करते थे ताकि वो चौके और छक्के मार सके। एम्पायर भी उसके इशारों पे ही सही बॉल को भी नो बॉल बता देता था।

अब सुनिए, ये सूचना, जिसके तहत सरकार लेकर आई है पूरे 13 साल का एज एडजस्टमेंट। बिल्कुल यूँ समझिये कि ये सच में आपको (बहनोई कैटेगरी को) एक बड़ा अजीब प्रकार का विशेष

अधिकार प्रदान करती है, जिसके तहत अचानक से एक व्यक्ति जो 41 वर्ष का वरिष्ठ है, वो दिनों दिन (मैंने रातों रात इसलिए नहीं कहा क्योंकि मैं ये फार्म दिन में भर रहा हूँ) हँसता खेलता 28 वर्ष का जवान बन जाता है।

वैसे एक और मजेदार फैक्ट बता दूँ। सालों (रिश्ते वाला साला) के लिए ये जो 28 साल की एज लिमिट रखी गयी है वो अधिकतम लिमिट है। न्यूनतम उम्र सीमा तो 21 वर्ष की दिखाई गई है।

ऊपर के ये दोनों आँकड़े आपस में मिला दिए जाएँ तो आप यूँ कह सकते हैं कि देश में इस वर्ष एक ऐसी परीक्षा आयोजित होगी जिसमें एक 21 वर्ष के युवा को एक 41 वर्ष के अधेड़ उम्र के साथ बैठा दिया जायेगा और जाँचा जायेगा कि इनमें कौन, कितना कुशल और योग्य है। मुझे तो कभी-कभी हँसी आ जाती है कि ऐसे विज्ञापनों में ये एज लिमिट डिसाइड करता कौन है!! मुझे अपने इस छोटे जीवनकाल में उस पैनल के दो चार लोगों से भी मिलने की बड़ी आकांक्षा है।

एक मजेदार चीज और बताऊँ! देखिये ऊपर नौकरी के रिक्त पदों और उनके विचित्र शर्तों को पढ़ कर मेरी तरह आप भी यकीन कर लीजिये की इनमें से हमें मिलना तो कुछ है नहीं सो उसका रोना लेकर बैठना बेकार है। वैसे चिंता आप कर सकते हैं, ये आपके अधिकार क्षेत्र में आता है। और फिर सोचिये न, एक नौकरी; वो भी सरकारी, और ऊपर से 57 प्रतिशत वाली आबादी से भरी हुई, ऐसी नौकरी मिल भी जाए तो क्या!! और फिर भला ऐसा तो नहीं कि आप भूखे मर रहे हैं। इतने बड़े देश में जो किसानो का हीं देश कहा जाता है, वहाँ भी अगर कोई भूखे मर जाये तो इससे बड़ी शर्म की बात क्या होगी (वैसे ये अलग बात है कि अपने देश में किसान भी मरते हैं)!!

मैंने कसम खायी है कि मैं आपको भूखे मरने नहीं दूँगा और मैं तो ये भी कहता हूँ कि अब अपनी मानसिकता भी थोड़ी बढ़ाइये। आप से तो हुआ नहीं, कम से कम अपनी अगली पीढ़ी को सिखाइए कि हक से माँगकर खाना सीखो, न कि जो बचा-खुचा तुम्हें दे दिया जाये उसके लिए लालायित होके पंक्ति में खड़े रहो। खैर, लगता है मैं कुछ ज्यादा उग्र होता जा रहा हूँ। इस विषय पर इतना लिखते हुए दो बार मेरी जीभ भी कट चुकी है, लगता है मेरे किसी सरकारी जॉब वाले मित्र ने दिल से गालियां दी होंगी।

खैर दोस्त वाली बात से याद आया, हमारे एक मित्र हुआ करते थे रवि कुमार। आप रवि नाम के हल्केपन पे मत जाइये आप तो 'कुमार' टाइटल के भारीपन की ओर मुखातिब हों। रवि कुमार का साथ इस टाइटल ने हर अच्छे और बुरे वक्त में दिया; अन्दर की बात ये है कि ज्यादातर बुरे वक्त में ही दिया क्योंकि खुद रवि में इतना टैलेंट कहाँ जो सरकारी नौकरी पा जाये। वैसे इस टाइटल वाले ज्यादातर हैं ही इतने बहुमुखी और ख़ास। बड़े-बड़े जगहों में ये अपना काम बड़ी आसानी से निकलवा लेते हैं। आप मेरी इन बातों को ताना मत समझियेगा। जरूरी नहीं कि मेरी हर बात के दो मतलब निकलते हों। और फिर बुराई क्या है इस कुमार टाइटल में। कुमार तो ऐसा यूनिवर्सल टाइटल है जो हर छोटे और बड़े नाम के साथ बड़े सुकून से फिट हो जाता है और इसकी सबसे बड़ी खासियत ये है कि ये किसी फलां व्यक्ति को जरा सा भी आभास नहीं लगने देता कि आप आखिर सचमुच में कौन सी फलां जाति या क्षेत्र से आते हैं।

कुमार टाइटल वाला रवि कुमार भी हो सकता है या राजकुमार भी। वो सचमुच भी गरीब हो सकता है या पेपर पर गरीब। वो सचमुच भी अत्यंत पिछड़ा हो सकता है या पेपर पर। हमारे ये मित्र

रवि कुमार, पेपर वाले कुमार थे। मैं बार-बार ये 'था' शब्द इसलिए नहीं बोल रहा हूँ कि अब वो नहीं रहे। वो रहे, परन्तु समस्या ये है कि कुमार टाइटल की चप्पल को खींचते-खींचते वो बड़े सरकारी दफ्तर के अधिकारी जैसे कुछ बन गए हैं। सो अब उन्हें हमारा मित्र कहलाना पसंद नहीं आता। वैसे ये बड़ी आम समस्या है। अगर आपकी अनुमानित योग्यता और औकात से अधिक आप को कुछ मिल जाये तो आपका सर आपके धड़ पे नहीं रहता, बल्कि सातवें आसमान पे पहुँच जाता है। वही हुआ हमारे रवि कुमार जी के साथ।

यहाँ एक बात और, ये रवि कुमार जी वही बहनोई वाले कटेगरी में आते हैं। हमने और रवि कुमार ने एक साथ उस सरकारी विभाग के लिए परीक्षा दी थी; जिस विभाग के आज रवि कुमार उच्चाधिकारी हैं। रवि कुमार की एक-दो ख़ास बातें आपको बता दूँ। वो अपने जनरेशन और ग्रुप का वो छाँटा हुआ लड़का था, जिसे आज तक वो 13 वाला पहाड़ा याद नहीं हो सका। उसके सामने ज्ञान की बात करें तो वो सही मायने में बहुत ही सामान्य स्तर का था। पर सामने वाले की पर्सनाल्टी ऐसी कि मेरे जैसा इन्टरव्यूवर मिल जाये तो वो उसे बैठने तक को न पूछे। ऐसी विलक्षण प्रतिभा के धनी रवि कुमार हमारे बैच के पहले अभ्यर्थी निकले जिनकी सरकारी नौकरी लगी, और लगे हाथों अगले साल एक बड़े दहेज़ वाली पार्टी से शादी भी हो गई।

रवि का सरकारी नौकरी में सलेक्शन होना हमारे बैच के लिए शोध का विषय था। मगर जब हमने उसी अखबार में दो दिन बाद कटऑफ मार्क की लिस्ट देखी तो आत्मा और शारीर मानो दोनों शिथिल पड़ गए। 200 नंबर की परीक्षा में जहाँ हम अभागों का कटऑफ 85 था वहीं रवि कुमार जैसे परीक्षार्थियों को 32 नंबर में ही इंटरव्यू के लिए निमंत्रण पत्र दे दिया गया। अन्दर जाने पर

आँकड़े और भी विचलित करने वाले हैं। सामान्य ज्ञान के 50 अंकों में कटऑफ बना 22 अंक (हमारे लिए)। ये एक सामान्य कटऑफ है। लेकिन असामान्य था रवि कुमार का 7 अंकों के साथ में मेघा सूची में दूसरे स्थान पे आना।

वैसे आप इन आँकड़ों को लेकर मन ज्यादा छोटा ना करें। अब समय बदल गया है। निगेटिव मार्किंग जैसा कानून लगने के बाद अब रवि कुमार जैसों का कटऑफ माइनस 2 भी चला जाता है। यानि जिसने कुछ नहीं लिखा वो शायद मेघा सूची में दूसरी या तीसरी श्रेणी का भी हक़दार हो सकता है।

हे भगवन, हम ये कैसे सिस्टम में पढाई कर रहे हैं, एग्जाम दे रहे हैं, रिजेक्ट हो रहे हैं, नौकरियां पा रहे हैं, मिठाइयाँ बाँट रहे हैं, शादियाँ करते फिर रहे हैं, और वापस अपने बच्चों को उन्ही परीक्षाओं के लिए तैयार कर रहे हैं!! पर मेरे आपके या उनके सर पीटने से न तो ये कटऑफ पैटर्न बदलेगा न ही एज रिलैक्सेशन। हम और हमारे जैसे कितने आप, बस संभावनाओं और प्रार्थनाओं के सहारे परीक्षाएं देते हैं। आज एक जनरल लडके या लड़की का ऐसी परीक्षाओं में पास हो जाना किसी अनुकम्पा से कम नहीं है। आपके सालों साल की पढाई और उसका परिणाम आश्रित हैं उन 2-4 शर्तों पर जो हर क्लासीफाइड के नीचे छोटे और बड़े अक्षरों में छपा रहता है।

मैं अब ये महसूस करने लगा हूँ कि विज्ञापन की बढ़ती शर्तों के साथ .साथ आपका मन भी अधीर होता जा रहा है। मगर विडम्बना ये है कि इन विज्ञापनों में जो उम्र के बारे में, पात्रता के बारे में, जाति के बारे में और इत्यादि- इत्यादि के बारे में जो भी प्रकाशित है वहीं करोड़ों की नियति है। और अब तो मुझे ये भी लगता है कि इस बँटवारे को चुपचाप स्वीकार कर लेना ही सबके

हित में है। इतिहास गवाह है कि जब-जब इस विषय पे विवाद हुआ और हंगामें उठे तब-तब हर बार एक दो और नई जातियां प्रजातियाँ, पता नहीं कहाँ से सामने आती गयीं। और फिर हमारे आन्दोलनों की आड़ में वो भी झंडे ले कर खड़े हो गये। और अक्सर ये देखा गया कि हमारी माँगें तो विचाराधीन ही रहीं पर वो ३-४ प्रतिशत अपने हिस्से करवा कर आंदोलन से निकल लिए। हमारी किस्मत इतनी बुरी है कि आज हम 43 प्रतिशत तक पहुँच गए हैं और इस लम्बी कतार में खड़े होकर ये सोच रहे हैं कि अगर सच में आरक्षण समय की माँग हैं तो अभी आरक्षित श्रेणी में दरअसल है कौन। वो जो 57 प्रतिशत की कतार में गर्व से सीना चौड़ा किये खड़े हैं, या हम, जो 43 प्रतिशत की दौर में अपनी चप्पलें घिसने के बावजूद भी दौड़े जा रहे हैं, आगे जा रहे हैं...!

अगर कोई ऐसी कल्पना वस्तु है जिसने ये दुनिया बनायी है, और हमें बनाया है, तो मैं उसी कल्पना वस्तु के आगे हाथ जोड़कर कहता हूँ कि मेरा ये जीवन तो नरक हो गया, मगर अब जो कभी मुझे दूसरा जीवन देने का मूड हुआ तो भले शक्ल से बदसूरत बना देना, अक्ल एक रत्ती भी न देना, मगर हे मेरे प्रभु, हे कल्पना वस्तु, सम्पूर्ण मानव जाति के रक्षक, "चाहे रत्ती भर अक्ल न दीजो, बस अगले जनम मोहे जनरल न कीजो"।

# "कार्यकर्ता"

अगर आप अनपढ़ हैं और आप में कोई खास काबिलियत भी नहीं है मगर फिर भी अगर आप रातोरात बस सड़क की धूल फाँक के 500 से 1000 रुपए रोजाना कमाना चाहते हैं तो इन सबका एक ही जवाब है कि आपको एक "जागरूक कार्यकर्ता" होना पड़ेगा। चलिए थोड़ा और आसान कर देते हैं। आपको सिर्फ एक "कार्यकर्ता" होना पड़ेगा। डिग्री!! फिर वही बात। मैंने कहा न, अगर आप अनपढ़ हैं। इसका मतलब समझिए। कार्यकर्ता होने के लिए पढ़ाई जरूरी नहीं

है बल्कि ये आपके प्रोफ़ेशन पे निगेटिव इम्पैक्ट भी डाल सकता है। सोचिए न, अगर किसी संत या लीडर को पता चल जाए कि उसकी पार्टी का एक कार्यकर्ता पढ़ा लिखा भी है, तो ये उस लीडर के लिए कितनी इनसिक्युरिटी पैदा कर देगा!

खैर, हम कार्यकर्ता पर थे। कार्यकर्ता दरअसल होता कौन है! बिलकुल सही, जो कोई भी, कुछ भी कार्य करता है, उसे कार्यकर्ता कहा जा सकता है। यानि कि यहाँ कार्य कैसा होना चाहिए ये महत्वपूर्ण नहीं है, बस कार्य होना चाहिए। चोर लुटेरों के गैंग में जब सीनियर चोर चोरी करता है तो उसका असिस्टेंट एक बैग लेकर पीछे खड़ा रहता है। उसका काम रहता है, बस चुराया आया हुआ धन उस बैग में डालना। देखा जाए तो वो भी एक कार्यकर्ता है। एक गैंग का सरदार जब किसी का खून कर दे तो वहाँ से खून के निशान हटाने और सुबूत मिटाने वाला जो हेल्पर होता है, वो भी कार्यकर्ता है। दूधवाला जब बाल्टी में दूध के साथ पानी मिलाता है तो सोचिए वो पानी कौन लाता होगा! उसका छोटा बेटा। हाँ, वो भी कार्यकर्ता है।

वैसे कुछ अच्छे उदाहरण भी हैं। जब आप साड़ी की दुकान में बैठकर 20-30 प्रिंट निकलवाकर देखना शुरू करते हैं तो इस प्रोसेस में, वो दो बार पानी लाने वाला, एक बार चाय पूछने वाला और आपके छोटे बेटे को एंगेज रखने वाला दुकान का स्टाफ भी कार्यकर्ता है। सोचिए न, सब तो कार्य ही कर रहे हैं। अब मैं उस स्थिति में आ गया हूँ कि एक लाइन में कार्यकर्ता की डेफिनिशन लिख सकता हूँ। तो ऐसा है, कि “हर एक व्यक्ति, जो किसी संस्थान, समारोह या एक दूसरे व्यक्ति की उद्देश्य पूर्ति हेतु अगर कोई सहयोग प्रदान करता है तो वो कार्यकर्ता है”।

पर मेरी चिंता अलग है। मैं परेशान हूँ कार्यकर्ताओं के साथ हो रहे दोहरे व्यवहार से। यहाँ बस दो तीन चेहरे ही ऐसे हैं जिन्होंने कार्यकर्ता जाति या शब्द को मान्यता दे रखा है या यूँ कहिए कि संस्थानों ने उन्हें रिकॉग्नाइज़ किया है। जैसे विभिन्न पूजा समितियां, इलेक्शन में चक्का जाम करने वाले गिरोह इत्यादि। आप कार्यकर्ता वर्ड का प्रयोग बस इन गिने चुने संस्थानों में ही सुनेंगे।

बाकी बड़े चेहरे जैसे गुंडा समाज, चोर गिरोह, एजुकेशन इंस्टिट्यूट, ढाबा दुकान, श्रृंगार या साड़ी स्टॉप और ना जाने कितने समृद्ध क्षेत्र ऐसे हैं जहाँ अभी भी कार्य करनेवाले हज़ारों सपोर्टर हैं, पर उन्हें कार्यकर्ता कहके कभी नहीं बुलाया जाता। वे लोग तो बस छोटु, काका, मुन्ना और पेंटर जैसे चीप ब्रैंड बन के ही अपना कार्यकाल पूरा कर देते हैं। सोचिए न, आपने कभी किसी ढाबे वाले से कहते हुए नहीं सुना होगा कि हमने चिकन की वेरायटी डिशेज़ बनाने के लिए एक नया कार्यकर्ता कल गाँव से बुलाया है। या आपने ऐसा कहते हुए भी नहीं सुना होगा कि कल दो गैंग की मुठभेड़ में पप्पू राजन का एक जागरूक कार्यकर्ता मारा गया। कहाँ सुनेंगे! मैंने भी नहीं सुना।

हाँ, पर एक बात है, कि जब भी कहीं ये कार्यकर्ता वाले विषय पर कोई चर्चा उठती है तो मुझे मेरे मोहल्ले के मुकुन्द सिंह की बहुत याद आती है। आप नाम पे मत जाइएगा। नाम एक बार में सुनने पे 35-40 साल के किसी हट्टे-कट्टे और गोरे-चिट्टे पुरुष की प्रतिमा मन में उभर के आती है, पर हकीकत में इस मुकुंद सिंह (जो शुरू में केवल मुकुंद के नाम से पुकारा जाता था) की उम्र होगी कोई 15-16 साल। मुकुंद की परवरिश एक बहुत ही धार्मिक टाइप के परिवार में हुई, सो बचपन से ही हर एक दो हफ्ते में

उसके गाँव के घर में छोटे मोटे धार्मिक आयोजन होते रहते थे। जैसे जागरण या अखंडदीप इत्यादि। मुकुंद बाबू का रोल रहता था टेंट वालों से लाइनअप करना, माइक एडजस्ट करना, पानी और प्रसाद का अरेंजमेंट इत्यादि देखना। मतलब आप यूँ समझ लें कि मुकुंद का आधा बचपन एक कार्यकर्ता के रूप में गुजर गया। बदले में जागरण वाले आखिरी के 2 मिनट के संबोधन में मुकुंद बाबू को माइक के द्वारा धन्यवाद ज्ञापन कर देते थे। बस और क्या चाहिए, मुकुंद भाई का हौसला बुलंद रहता था।

छत और आँगन की पंडाल से देखते ही देखते पता नहीं कब मुकुंद मोहल्ले की दुर्गा पूजा समितियों और गणपति विसर्जन जैसे महोत्सवों का एक खास चेहरा बन गया, पता नहीं चला। आसपास के मोहल्ले की पूजा समितियों में मुकुंद भाई का नाम बड़े आदर सम्मान के साथ लिया जाने लगा। आपने ये भी नोटिस किया होगा कि मैं, जो कुछ देर पहले मुकुंद को बाबू कह कर बुला रहा था अब भाई कहकर बुला रहा हूँ। सोचिए, ऐसा ही बदलाव मुकुंद का भी हो रहा था, सोसाइटी में।

अब मुकुंद की योग्यता घर की चारदीवारी तक ही सीमित नहीं थी। मुकुंद ने अपने दिन रात की मेहनत से ये मुकाम हासिल किया था। ये अलग बात है कि सफलता त्याग मांगती है। मुकुंद भाई को भी त्यागना पड़ा, मतलब त्यागनी पड़ी, अपनी शिक्षा, अपनी पढ़ाई। दिनभर आयोजनों की रूप रेखा तैयार करो और रात में उनका एग्जेक्यूशन। ऐसे में बेचारे कार्यकर्ता जाति को फुर्सत कहाँ है कि अपनी शिक्षा की ओर ध्यान लगा सके। वैसे जरूरत भी नहीं है। अगर सब शिक्षित ही हो जाएंगे तो कार्यकर्ता कौन बनेगा! अब इसका उल्टा मत सोचने लगिएगा कि सब कार्यकर्ता ही बन जाएंगे तो शिक्षित कौन बनेगा। खैर, अगर बात मुकुंद की करें तो

उसे तो अब धीरे धीरे इस रोल में मज़ा आने लगा था। पूजा उत्सव के दिनों में तो मुकुंद भाई का क्या जलवा था! भाभियों को लाइन बाईपास कराके मूर्ति के सबसे पास पहुँचाना हो या लड़कियों को प्रसाद में स्पेशल वाले पैकेट दिलवाने हों, इन सब कामों के लिए मुकुंद भाई से सिफारिश लगवाई जाती थी।

समय बहुत बलवान है, पर समय के साथ अपने मुकुंद भाई उतने बलवान नहीं बन पा रहे थे, जिसके लिए शायद इन्होंने ये सब शुरू किया था। मुकुंद भाई को अब मोहल्लों से बाहर निकलना था। वैसे आपको एक बात बता दूँ, हीरे की असली परख जौहरी ही कर सकता है। मुकुंद भाई के साथ भी वही हुआ। सांसद अजीत त्यागी जी (जिनके बारे में ऐसा कहा जाता है कि सांसद बनने के पहले इनपर चार पाँच मुकदमे चल रहे थे, खैर कहने को तो लोग कुछ भी कहते हैं, छोड़िए) ने मुकुंद भाई को अपने साथ जोड़ लिया। जोड़ लिया से तात्पर्य यह है कि अजित जी ने मुकुंद भाई के सर पे अपना हाथ रख दिया। मुकुंद भाई के कैरियर का यह एक बड़ा माइलस्टोन था। अब वो बन गए, बकायदा, एक कर्मठ कार्यकर्ता। इस बदलाव ने मुकुंद सिंह में और भी बदलाव लाए। अब वो ज्यादातर सफेद कुर्ता पैजामे हीं पहनते थे, रे-बैन का एक काला चश्मा, लाल कलर की एक बाइक और हाँ सबसे जरूरी बदलाव जो आपने अभी नोटिस किया होगा, हाँ, अब वो मुकुंद भाई से बन गए थे 'मुकुंद सिंह'। आया न थोड़ा भारीपन!

दरअसल अब वजन सिर्फ मुकुंद के नाम में ही नहीं स्वभाव में भी दिखने लगा। यानि कि मुकुंद सिंह में अब अकड़ वाला बदलाव आने लगा। जहाँ मिल जाएँ, जिस हालत में मिल जाएँ, बोल देना नहीं भूलते थे कि अब तो तुम लोग बस देखते जाओ कैसे मुकुंद सिंह पूरे वर्ल्ड की काया बदलता है। अरे कैसा भी दफ्तर हो, कोई

भी कचहरी हो, कभी भी कोई काम फँसे तो बस मुकुंद सिंह को याद कर लेना, यूँ निकलवा दूँगा…. काम। ये हम लोगों के लिए बहुत बड़ी बात थी। पिताजी के बाद घर के बाहर ऐसा कोई पहला आदमी था जो हमें इतनी गारंटी दे रहा था।

मुकुन्द सिंह अब मोहल्ले में भी कम हीं पाये जाते थे। अब उनके मुद्दे बड़े होने लगे, जैसे मोहल्लों का नवीनीकरण, नालियों की सफाई, बिजली की सप्लाई, बस स्टॉप का निर्माण, सार्वजनिक स्थानों पर वृक्षारोपण इत्यादि इत्यादि। पूजा आयोजनों में तो अब मुकुन्द सिंह ऐज चीफ गेस्ट बुलाए जाने लगे। अजीत त्यागी के बड़े बड़े आयोजनों और अभियान, जैसे रैलियाँ और चक्का जाम इत्यादि, मुकुन्द सिंह की देखरेख में होने लगे।

अच्छा, अगर यहाँ मैं अपनी बात कहूँ, मुकुन्द सिंह के मुझसे थोड़े ज्यादा; मतलब और मोहल्ले वालों की तुलना में अच्छे संबंध थे। हम लोग बचपन में एक साथ ही स्कूल गए, एक साथ ही फेल हुए और फिर एक साथ ही पूजा समितियों के लिए चन्दे काटे। फर्क बस इतना रहा कि किस्मत ने मुकुंद को मुकुंद सिंह बना दिया। तो अब चूँकि हमारे और मुकुन्द सिंह के ऐसे संबंध थे सो अक्सर 10-15 दिनों में एक बार किसी न किसी रैली या चक्का जाम में मुकुन्द भाई मुझे हमेशा ऐज अ पार्टिसिपेंट इनवाइट कर देते थे।

हालाँकि आप रैलियों या चक्काजाम आंदोलन के प्रति मेरे विश्वास और आस्था की बात करें तो मैं तो उस विचारधारा का आदमी हूँ जिसे अगर प्रतिदिन के 500 रुपए और दो टाइम की चाय मिल जाए तो अपना डेरा ही सड़क के पास लगा दे। इससे अच्छा पार्ट टाइम जॉब कुछ है ही नहीं, आज के समय में। आपको क्या लगता है, क्या होता होगा इन रैलियो में! मैं बताऊँ - एक

से बढ़कर एक बढ़िया पात्र देखने को मिल जाएंगे, आपको, रोड पे चक्का जाम करने वालों या रैली निकलवाने वालों के बीच में।

एक रैली हमारे पटना शहर के बेली रोड पे निकली थी, कुछ महीने पहले, अपने अजीत त्यागी जी के नेतृत्व में। यहाँ मैं बताता चलूँ कि बेली रोड में वैसे अक्सर रैलियाँ निकलती रहती हैं। रैली और हड़ताल का इतना क्रेज है उस लोकेशन में कि चौराहे का नाम ही हड़ताली चौराहा रख दिया गया है। मतलब आप उस चौराहे को हड़ताल करने वाले लोगों का मक्का कह सकते हैं।

हाँ तो उस रैली की बात करूँ तो तकरीबन 200 से 250 मीटर की लंबाई तक कतारों का हुजूम फैला हुआ था। गिनती में बात करें तो कोई 2000 से ऊपर लोग सम्मिलित होंगे। अच्छा. अब मैं आपको इस रैली का ऑर्गेनोग्राम समझाता हूँ। सबसे आगे के 2-3 रो में सजे धजे हुए वर्ग समूह के लोग, यानि प्रेस किया हुआ कुर्ता-पायजामा और अच्छी क्वालिटी के डंडों और झंडो के साथ। इस सजे-धजे हुए वर्ग समूह में अजीत त्यागी कैटेगरी के लोग मौजूद थे। ये लोग वो भी थे जिन्हें पता था कि ये रैली क्यों निकाली गई है, और उसका लक्ष्य क्या है। लक्ष्य मतलब चौराहे से आगे कहाँ मुड़ना है और किसके कार्यालय तक पहुँचना है। उनके ठीक बाद के 4-5 रो कर्मठ कार्यकर्ताओं से भरे हुए थे। इनका काम बस आगे वाली लाइन का अनुसरण करने का था। अनुसरण मतलब वो क्या नारा लगा रहे हैं और कहाँ कहाँ मुड़ रहे हैं। बस उसका मतलब समझे बिना उसे रिपीट कर देना। उनके कपड़े और भाषा की बात करें तो वे लोग असभ्य थे। पार्टी की टोपी, गमछा और रे-बैन चश्मा सबके पास मिल जाएगा। वैसे लगभग 10 से 12 कार्यकर्ताओं का एक दूसरा जत्था रैली से 50 मीटर आगे होकर भी चल रहा था। उसका काम बस आगे ट्रैफिक कंट्रोल करना था।

वैसे जिसने भी इस ऑर्गेनोग्राम को बनाया होगा उसका इन 10 से 12 कार्यकर्ताओं को आगे रखने का एक हिडेन ऑब्जेक्टिव ये भी होगा कि अगर अचानक से पुलिस लाठीचार्ज कर दे तो पहली लाठी इनके सर पे ही पड़े।

खैर अभी इस ऑर्गेनोग्राम में दो और लेयर बची हैं। तीसरा समूह थोड़ा बड़ा है। इन मासूमों को पता भी नहीं रहता है कि वो इस भीड़ में क्यों चल रहे हैं! कहाँ जाना है और क्या बोलना है। ये बस भीड़ बन के आए हैं। ऐसी भीड़ आपको 200-200 रुपए में जहाँ चाहिए हजारों की संख्या में मिल जाएगी। इनका तो फैमिली पैकेज भी चलता है। 1000 रुपए में ये लोग बसों में भरकर पूरे परिवार के साथ पार्टिसिपेट करते हैं। यहाँ मैं पीछे की भीड़ को देखकर ये सोचता हूँ कि मजबूरी और गरीबी आपसे क्या क्या करवा सकती है और आगे की भीड़ देखकर सोचता हूँ कि पैसे और सत्ता की भूख आपसे क्या नहीं करवा सकती है।

खैर सबसे लास्ट कैटेगरी बेजोड़ है। इसे न तो पैसे मिले हैं ना ये नारा लगा रही है और न ही ये इस आंदोलन का हिस्सा है। बस ये पीछे पीछे स्कूटर और कार में इसलिए चल रही है क्योंकि सड़क जाम है और आगे बढ़ने का कोई रास्ता नहीं। तो दूर से ऐसा प्रतीत होता है कि ये सब लोग भी रैली का ही हिस्सा हैं।

वैसे मुकुन्द भाई की रैली वाली इन्विटेशन मैं कभी नहीं ठुकराता था, क्योंकि सच पूछिए तो ये दो तरफ़ा लालच का काम था। उन्हें भीड़ बढ़ानी थी और हमें संबंध। हाँ भाई, ऐसे लोगों के संबंध अक्सर काम आ जाया करते हैं। मैं मुकुन्द सिंह की जरूरतें पूरी करता था (मतलब भीड़ का इंतजाम) और वो मेरा ख्याल रखा करते थे। ख्याल से मतलब, कभी-कभार आते जाते नजर पड़ जाती

तो एक बार पूछ जरूर लेते थे कि कुछ काम कहीं अटक रहा हो तो निःसंकोच याद करें, वो निकलवा देंगे... काम।

वैसे बहुत दिनों तक कोई बड़ा अवसर लगा नहीं कि अजीत जी की सेवा ली जाए। पर पिछले साल एक घटना ऐसी घटी जिसमें लगा कि सचमुच अटक गए हैं। हमारे पिताजी की, शहर से 2 घंटे की दूरी पे एक ग्रामीण बैंक में पोस्टिंग थी। बढ़ती उम्र के साथ रोज़ 2 घंटे घर से बैंक तक आने और जाने का सफर हमेशा से कष्टदायक था। ऊपर से हाल में किए गए घुटनों के ऑपरेशन के बाद ये सफर और पहाड़ सा बन गया था। इस सफर से मुक्ति का एक ही मार्ग था, उनका ट्रांसफर। बल्कि शहर के मेन ब्रांच में एक पोज़ीशन ऐसी दिख भी रही थी, जहाँ उन्हें बैठाया जा सके। मगर शहर के लोकेशन में, वो भी मेन ब्रांच में, एक खाली पोज़ीशन ठीक उसी तरह थी, जैसे गिद्धों के पूरे झुंड के बीच में मांस का एक टुकड़ा। तो ऐसे में कोई बहुत तगड़ा जुगाड़ ही ये टुकड़ा हमारे लिए रिज़र्व कर सकता था।

बस फिर क्या था। ऐसे सिचुएशन में एक ही नाम था जो पूरे घर में सर्वसम्मति के साथ अप्रूव किया गया। जी हाँ, अपना मुकुंद। 'अपना मुकुंद' वाला अधिकार का भाव उन कचौड़ियों के भरोसे आ रहा था जो हमने और मुकुंद ने इन्हीं पापा जी के पैसों को चुराकर ना जाने बचपन में कितनी दफा खाई होंगी। प्रोफेशनली भी देखा जाए तो मुकुंद की रैलियो में मेरी भागीदारी और दो समोसों के उम्मीद पे लगाए गए नारे, चीख चीखकर इस बात की गवाही दे रहे थे कि मुकुंद अगर कभी मौका लगे तो इस गरीब के नारों का कर्ज उतारना मत चूकना।

बस ऐसे हीं विश्वास के साथ मुकुंद भाई से मुलाकात की और उसके सामने अपनी समस्या रख दी। करना बस इतना था कि

अजीत त्यागी जी के हाथों एक छोटा सा रिफरेन्स लेटर लिखवाना। ये काम उनके सबसे प्रिय कार्यकर्ता के अलावा और कोई करवा सकता था, भला! मुकुंद भाई ने हँसते हुए कहा, "क्या भैया, इतने वर्षों में याद भी किया तो इतने छोटे से काम के लिए। ऊपर से, ख्वामखाह, अंकल को इस हालत में साथ लेकर चले आए! अभी अजीत भैया से (वो अजीत त्यागी जी को अजित भैया कह कर बुलाता था) बैठे-बैठे फ़ोन पे आपका काम करवाता हूँ। आप चाय पीजिए अंकल"। मुकुंद के जलवे थे। पर इतने... ये नहीं पता था। हम भी चाय पीने बैठ गए। हमारे सामने मुकुंद ने अजीत जी को फ़ोन लगा दिया और एक छोटा सा काम बोलकर, हमारा ये बड़ा सा काम उन्हें बता दिया। उधर से क्या बात हुई ये तो हमने नहीं सुनी पर फ़ोन रखने के बाद मुकुंद भाई ने कहा "आप अंकल को लेकर घर जाइए, अजित भैया ने कल कार्यालय में बुलाया है, वहां ले के आ जाइएगा। हाथों हाथ करवा देंगे। और कार्यालय का एड्रेस तो पता है न!! हड़ताली मोड़ के बाएं होके जो अंदर मंदिर वाली गली है, बस उसी में दूसरा वाला कार्यालय हमारा है"।

इस मीटिंग का क्लाइमेक्स थोड़ा सस्पेंस भरा था, फिर भी मुकुंद भाई की डायलॉग डिलेवरी इतनी शानदार थी कि हम फुल्ली मोटिवेटेड होकर घर लौटे। पापा ने तो ये भी प्लान कर लिया कि ट्रांसफर लेटर आगे बढ़ जाने के बाद कार्यालय से लौटते वक्त हम सीधे मंदिर में प्रसाद चढ़ाते हुए ही आयेंगे। कल सुबह हुई भी। हमलोग अजीत जी के पार्टी कार्यालय भी पहुँचे। पर वहाँ एक बड़ी बात गेट पे ही हो गई। हमने जिस अभिमान से कार्यालय में ये बताया कि हम मुकुंद जी से मिलने आए हैं, उस लेवल का प्रत्युत्तर हमें नहीं मिला। दरअसल, उनके मुताबिक मुकुंद नाम करके तो ऐसे सैकड़ों कार्यकर्ता होंगे; आप भी सोचिए ना कार्यकर्ताओं का टिपिकल नाम क्या होता है, मुकुंद, गणेश, ओमप्रकाश इत्यादि

इत्यादि। फिर जब थोड़ा हुलिया और लोकेशन बताई गयी तब जाके मुकुंद सिंह को लोगों ने पहचाना। ये हमलोगों की पहली सीख थी।

फिर जैसे-तैसे हमें मुकुंद भाई के दर्शन हुए। दर्शन भी क्या हुए, गेट के बगल में टपरी पे बैठ के चाय पी रहे थे। हम पर नजर पड़ी तो तुरंत अपना काला वाला चश्मा वगैरह लगाया और अंदर अपने कार्यालय की तरफ ले गए। उनके मुताबिक सब लाइनअप था, बस कुछ देर में अजीत भैया आने वाले थे सो बस उनका इंतजार करना भर था। हमारा मन लगाए रखने के लिए मुकुंद भाई ने पार्टी की त्रैमासिक पत्रिका हमें पकड़ा दी। अगर वो 20 पेज की पत्रिका होगी तो कुल मिलाकर 16 पेज विज्ञापनों से भरा पड़ा था। बाकी के चार पेज में पार्टी के अध्यक्ष, सह अध्यक्ष, कोशाध्यक्ष इत्यादि इत्यादि का ध्यान ज्ञापन था। कुल मिलाकर बहुत खोजने के बाद कहीं एक-आध जगहों पर पार्टी क्या काम कर रही है, या आगे की क्या योजनाएं हैं, इत्यादि पढ़ने को मिल पाया। खैर हम विज्ञापन या पार्टी के उद्देश्य क्या हैं, ये पढ़ने गए भी नहीं थे। हमें तो बस अपना उद्देश्य पता था कि ट्रांसफर वाला काम हो जाए।

अच्छा मैंने एक बात और नोटिस की। उस कार्यालय में मुझे और पिताजी के अलावा शायद ही कोई ऐसा हो जो मुकुन्द सिंह को बहुत अच्छे से जानता हो। ये एक बात हमारे सारे कॉन्फिडेंस की धज्जियाँ उड़ा रही थी। हम तो कॉलोनी से मुकुंद बाबू को मुकुन्द सिंह बना के बाहर भेजे थे पर ये तो यहाँ मुकुंद बाबू की भी हैसियत नहीं रखते। पर अब आ गए थे तो सोचे एक आखिरी तमाशा अजीत जी के ऑफ़िस में भी देख लें।

वो घड़ी भी आई। अजीत जी आए और उनके आने के ढाई घंटे बाद हमारा नंबर भी आया। सुबह से अजीत जी ने इतना इंतजार करवा दिया था कि अब उनके दर्शन करके हमें ऐसा लगा

मानो भगवान के दर्शन कर लिए, और एक बार के लिए तो हम अपने आने का उद्देश्य भी भूल गए। वैसे अजीत जी खुद भी भूल गए थे, वो ट्रांसफर वाली बात। जब मुकुंद भाई ने बहुत ज़ोर देकर याद दिलाया तो याद आया। हमारे सामने हीं अजित जी ने किसी से फ़ोन पे कुछ बात की और फ़ोन रखते हुए कहा कि अंकल जी, बस समझिए आपका काम हो गया। हम खुश होने ही वाले थे कि उन्होंने अपनी लाइन आगे बढ़ाई। मतलब, अंकल जी आपका काम हो गया, समझो। बस थोड़ा सा खर्चा करना पड़ रहा है। मैंने बात की है। ये जो जोनल ऑफिस में बैठा है न नवीन, अपना आदमी है। पर आप समझते हैं न कि यह ऊपर-नीचे थोड़ा लिखना-पढ़ना पड़ता है। आप अब आराम से जाइए। मैं मुकुंद से बात कर लूँगा।

हम वहाँ से विदा तो हुए पर मंदिर होते हुए लौटने वाला माहौल अब नहीं रहा। पिताजी की आस्था डगमगा गई थी। हमें तो ये भी समझ नहीं आया कि ये काम होगा भी या नहीं। पैसा लगने वाली बात भी उठी, पर समझ में नहीं आ रहा था कि ये पैसा देगा कौन! और अगर देगा भी तो कितना! खैर, हम घर पहुँचे। हमारे एक घंटे के बाद मुकुंद पीछे से आया। बैठना-बिठाना सब होने के बाद मुकुंद भाई ने कहा कि "ऐसा है अंकल, काम तो हो जाएगा पर थोड़ा खर्चा है। वैसे आप चिंता मत करिए, पॉकेट से ज्यादा कुछ नहीं जाएगा। पर इन सबके पहले आंटी आप अंकल का एक अच्छा वाला पासपोर्ट फोटो दीजिए, हमको। देखिये कैसे स्टार बनाते हैं अंकल को हम लोग"।

पिताजी ने कहा, अरे बेटा स्टार नहीं बनना है, तुम तो बस ट्रांसफर करवा दो।

वही तो कर रहे हैं अंकुल। अजित भैया दिल के बहुत अच्छे हैं। आप से सीधे कहने में संकोच कर रहे थे। और रही बात मेरी,

तो मैं भी आपसे सीधे पैसे की क्या बात करूँ। बस ये जो पत्रिका है न अंकल जी, हमारी पार्टी कार्यालय की, (मुकुंद भाई ने वही पत्रिका कुर्ते से निकाली, जो उन्होंने हमें कार्यालय में थमाई थी), अजीत जी चाह रहे थे कि इस महीने आपके सौजन्य से प्रकाशित हो जाए तो पार्टी को एक बड़ा सहयोग हो जाएगा। वैसे साथ में भैयाजी ने आपकी फोटो भी मँगवाई है। पत्रिका के सबसे पीछे छपवाएंगे, बड़े में।

अब ये सब इतनी जबरदस्ती में होता चला गया कि हमें पता भी नहीं चला कि हमने कब पत्रिका प्रकाशन के लिए अपनी अनुमति दे दी और एक लाख का जो खर्चा आएगा उसके लिए हामी भी भर दी।

उस रात मुकुंद तो चला गया, पर हम लोग बहुत देर तक ड्रॉइंग रूम में ही बैठे रह गए। बात पैसों की नहीं थीं; वैसे उसकी भी थी। पर असल बात जो थी, वो ये कि, अगर यहाँ भी पैसे दे के काम करवाना पड़ा तो फिर मुकुंद से पहचान का फायदा क्या! अगर, अजित जी की पत्रिका छपवा के ही काम करवाना था तो मुकुंद भाई के रिफरेंस से फर्क क्या! मुकुंद जो कल तक हमारे घर में मुकुंद बाबू था वो अब सिर्फ मुकुंद सिंह था। हमने ये सीख ली कि एक कार्यकर्ता जो कुछ भी करता है वो अपनी पार्टी के लिए करता है और उसकी पार्टी जो कुछ भी करवाती है वो अपने लिए करवाती है।

पिताजी का ट्रांसफर इस शहर में किसी तरह हो चुका है। मुकुंद भाई, अजित भैया के और प्रिय एवं कर्मठ कार्यकर्ता बन गए हैं। एक दो छोटे मोटे अंतर आये हैं। अब मुकुंद भाई मुझे अधिकार से अपनी रैलियों के लिए नहीं बुला पाते; शायद उनके अंदर कोई अपराधबोध की भावना है, ऐसा मुझे लगता है। कुछ बदलाव भी

आए हैं। मुकुंद भाई के घर में दूसरे माले का काम चालू हो गया है और हाँ, ये तो मैं बताना भूल ही गया, मुकुंद भाई ने हम लोगों को पार्टी कार्यालय के त्रैमासिक पत्रिका की सबस्क्रिप्शन दिलवा दी है। घर के हम सब लोग शाम में उसी पत्रिका के कागज के ठोंगे बनाकर गर्म पकौड़ियाँ खाते हैं। बड़ा आनंद आता है, पता नहीं क्यों!!

# "डिग्री की मोह माया..."

दसवीं पास करने के बाद जो चर्चा का विषय हर घर का होता है, वही मेरे घर का भी था। इंजीनियरिंग की तैयारी करूँ या मेडिकल लूँ। ये निर्णय लेना आपलोगों के लिए जितना भी कठिन हो, हमारे परिवार में तो ऐसे फैसलों की मास्टरी है। इस गंभीर परिचर्चा में हमारे घर में जो बैठकी जमती है वो 10-12 दिन के अल्पकाल में ही एक पुख्ता निर्णय का रूप ले लेती है। और हो भी क्यूँ न, आखिर इस परिचर्चा का हिस्सा बनते हैं हमारे खानदान के अमूमन समस्त बुद्धिजीवी वर्ग, जिनमें मौसा, मामा, चाचा और फूफाजी का नाम उल्लेखनीय है।

वैसे आप कभी ऐसी बैठकी में एक बार जा के जरुर देखियेगा, बड़ा आनंद आता है। मुझे भी आनंद आता है, मुझे इसलिए, क्योंकि मुझे, उन लोगों से भी, इस विषय पर उनकी राय जानने का सौभाग्य मिलता है, जिनके खुद के बच्चे न जाने कितने युगों से अलग-अलग नौकरियों में बस फॉर्म ही भरते जा रहे हैं। ये रामायण वाले मेघनाथ के उन तीरों की तरह हैं, जो गर्जना के साथ धनुष से निकलते तो हैं पर सामने वाले के पास पहुँचने के ठीक पहले ही अचानक से कहीं लुप्त हो जाते हैं। जीवन की इस परीक्षा घड़ी में भले ही इन कर्मठों का आत्मविश्वास जवाब दे चुका हो परन्तु हमारे चाचाओं और फुफ़ाओं ने उम्मीद की आखिरी लौ तक उनका साथ देने की कसम खायी है। वैसे भी ये उस विचारधारा के लोग हैं कि "त्रिया चरित्रं पुरुषस्य भाग्यम, देवो ना जानाति", यानी, बेटों लगे रहो, न जाने तुम्हारा भी सितारा क्या पता किस एग्जाम में अचानक से चमक जाये। आपने यहाँ शायद नोटिस नहीं किया मैंने ऊपर बेटों का प्रयोग किया बेटियों का नहीं। तो ऐसा इसलिए है कि, हमारे पूर्वजों ने केवल पुरुषस्य भाग्यम का गुणगान किया है 'त्रिया भाग्यम' का तो मुहावरे में ही उल्लेख नहीं है। इन त्रियाओं को तो चरित्र की रक्षा से ही फुर्सत नहीं मिलती, बेचारी पढ़ाई कब करेंगी!

खैर, मेरा हमेशा से मानना है कि ज्ञान जहाँ भी बहे, हाथ धोते चलिए। मैं भी इस बैठकी में अपने हाथ धो रहा हूँ। 5-6 दिन निकल चुके हैं और अब मेरे हाथों में, ज्यादा धुलने की वजह से, कुछ सूजन जैसी हो गयी है। मेरे पिताजी के साइड वाले लोग; जैसे फूफा और चाचा की पूरी कोशिश है कि मैं इन्जीनियरिंग करूँ। कारण बस इतना कि उन्होंने भी इन्जीनियरिंग कर रखी है। वो अगर यहाँ मेडिकल या सीए वगैरह का ज्ञान देंगे तो उन्हें ये भी बताना पड़ेगा कि इसका स्कोप क्या है, कहाँ से करें, क्या सब्जेक्ट लें इत्यादि-इत्यादि। अब इस फिल्ड के तो वे हैं नहीं और न ही

इतने अपडेट की दूसरे के फिल्ड में भी गलती से झाँक के देख लें कि उधर क्या चल रहा है! तो वो बेचारे, इन्जीनियरिंग छोड़ के कोई और विकल्प सुझाने में पूर्णतया असमर्थ नज़र आ रहे हैं (हालाँकि वो इस राज को सबके सामने खुल कर आने नहीं दे रहे हैं कि वे असमर्थ हैं)।

ननिहाल वाले मेडिकल की शहनाई बजाये जा रहे हैं। उनका इमोशन अलग लेवल का है। नानी की तबीयत अक्सर ख़राब रहती है और उनकी कोई एक बीमारी है जो अभी तक कोई डॉक्टर पकड़ नहीं पाया है, सो उन्होंने एक इमोशनल आदेश जारी किया है कि 'अब जब मेरा नाती डॉक्टर बनके आएगा तो वही इलाज करेगा अपनी बूढ़ी नानी का। मैं तो उस दिन की कब से आस लगाये बैठी हूँ'। इसका जवाब फिलहाल किसी के पास नहीं है। इन सारी बहसबाजियों के बीच में दूर के रिश्ते के एक भाई ने मेरा सीना गर्व से उस समय चौड़ा कर दिया जब उसने धीरे से सीए को भी एक अच्छा कैरियर ऑप्शन बताया। खुशी बस इस बात की थी, कि कम से कम किसी ने तो इंजीनियरिंग और मेडिकल के अलावा एक तीसरा शब्द या ऑप्शन भी बोला, या बोलने का साहस दिखाया। मगर यकीन मानिये उसकी मासूम आवाज को भरी सभा में वैसे ही अपमानित किया गया जैसे द्रौपदी को चीर-हरण के दौरान धृतराष्ट्र की सभा में किया गया था। बस विडम्बना ये थी कि इस बेचारे को बचाने के लिए यहाँ कोई वासुदेव नहीं थे।

महाभारत पे विस्तृत चर्चा कभी और होगी, फ़िलहाल एक मजेदार बात बताता हूँ। जब भी विषयों का चयन किया जाता है तो आर्ट्स स्ट्रीम को सबसे निम्न दर्जे में रखा जाता है। ये मान के चला जाता है कि जब कोई ऑप्शन नहीं बचेगा तो आर्ट्स कर लेगा। इंजीनियरिंग सबसे प्रचलित कैरियर ऑप्शन है। इसे कोई

भी वर्ग अफोर्ड कर सकता है। मैंने ये बात दो वजहों से बोली। एक तो भारत में हर रेंज के इंजीनियरिंग कॉलेज पाए जाते हैं; और वो भी सब के सब, मान्यता प्राप्त। तो आप अपनी पढ़ाई की काबिलियत और पैसे की हैसियत देखकर मनमुताबिक कॉलेज में घुसकर इंजीनियरिंग की डिग्री ले सकते हैं। दूसरी वजह है कि, इंजीनियरिंग बहुत वर्सेटाइल ऑप्शन है। वो होते हैं न क्रिकेट में ऑलराउण्डर! बिलकुल वैसा ही है, इंजीनियरिंग भी। आप इसे एक बड़े सिंपल से फ्लो-डाइग्राम से समझ सकते हैं। सबसे पहले बारहवीं पास करके इंजीनियर बन जाओ। 4 साल इंजीनियरिंग करके, लगभग पूरी उम्मीद है, अच्छी नौकरी शायद ही मिले। तो ऐसे में कहीं से; मतलब किसी भी छोटे मोटे लोकल कॉलेज से, एक एमबीए की डिग्री जुगाड़ लो। फिर अगला लक्ष्य बनाओ आई ए एस बनने का और यूपीएससी के तीन अटेम्प्ट भी ट्राई कर डालो। वैसे 99 प्रतिशत चांस है कि पीटी में ही औकात आपके पास नंगे पाँव दौड़ कर आएगी और आपको खुद बताएगी कि भाई साहब ये आपके लेवल की चीज़ नहीं है। मगर कर्मवीर कभी हिम्मत थोड़े ही हारता है। उसे अच्छी तरह पता होता है कि अगर यूपीएससी वालों ने लात मारकर निकाला, तो बैंक पीओ, रेलवे और स्टाफ सलेक्शन तो खैर कहीं नहीं भागे जा रहे हैं। अच्छा, मजेदार ये है कि इसमें 10-12 प्रतिशत इंजीनियर, बीच में ही एका-एक घर में बिना बताए ही गेट का भी एग्जाम दे आते हैं कि अगर स्कोर सही आ गया तो एम-टेक करके लेक्चररशिप कर लेंगे। यानि लाख बात की एक बात ये है कि, ये सब कर्म करेंगे, लेकिन जो एक इंजीनियरिंग की डिग्री ले रखी है, वो इंजीनियर वाला काम कभी नहीं करेंगे।

आज हमारे घर में बहस का आखिरी दिन है। यहाँ एक और बात उल्लेखनीय रही, कि जिस बकरे को बलि का माला पहनाया जा रहा है, उससे कोई एक बार भी आके ये नहीं पूछता कि भाई,

बलि पे चढ़ने के पहले तेरी कोई आखिरी इच्छा हो तो बता दे, हम सब यहीं हैं और अभी एक दो दिन और रुकेंगे, तो कोई फ़रमाईश हो तो पूरी कर दी जाएगी। मगर नहीं, हमारे देश के संस्कारी परिवारों में लड़का क्या पढ़ेगा और लड़की कहाँ ब्याही जायेगी, ये अधिकार अभी तक सर्वसम्मति के साथ पिताजी के पास सुरक्षित है। इसमें दखल डालना या दखल डालने की कोशिश करना आपको कभी भी संस्कारहीन बता सकता है। और हमारे पिताजी भी इन अधिकारों का पूरा प्रयोग करने से कभी नहीं चूकते। वो तो भला हो, मेरे पिताजी पढ़े लिखे संस्कारी पुरुष हैं, वरना कहीं कोई नेता या चोर उचक्का होते, तो मुझे भी उसी विचारधारा को आगे बढ़ाने का दायित्व सौंपा जाता। नेता का बेटा नेता, चोर का बेटा चोर, होने से तो अच्छा है कि पढ़े लिखे का बेटा पढ़ा लिखा होने की परंपरा को आगे बढ़ाने का सौभाग्य मिला। तो ऐसा है कि, मुझे इंजीनियर बनाने की पृष्ठभूमि लगभग तैयार कर दी गई है। मुझे बस उस बंजर पृष्ठभूमि पे आगे चलकर जीवन की चार-पाँच अगली परीक्षाएं देनी शेष हैं और हर कदम पे ये भी साबित करते रहना है कि हमारे बुजुर्गों का लिया हुआ निर्णय बिल्कुल सही था।

अब जो बातें मैं इसके आगे बताने जा रहा हूँ वो अन्य कई संकाय, क्षेत्रों और जगहों में फिट बैठेगी, लेकिन मैं इंजीनियरिंग संकाय को एक उदाहरण के तौर पर लेकर आगे बढूँगा, क्योंकि मुझसे मेरे घरवालों ने वही करवाया है।

तो अपने पिताजी के कहा अनुसार मैंने आनन-फानन में मैथ्स लेकर अपने गली मोहल्ले के थोड़े ठीक ठाक कॉलेज से पहले तो 12वीं की डिग्री उठा ली। यहाँ आपने महसूस किया होगा कि मैंने ये उठाने वाली भाषा का प्रयोग करके शायद इस डिग्री का अपमान कर दिया है, लेकिन यकीन मानिए मैंने ये पूरे होशो-हवास में किया

हैं। दरअसल यह 12वीं की डिग्री पढ़ाई लिखाई वाली बिरादरी में निष्कासित और तिरस्कृत मानी जाती हैं। यूँ कहिए कि पढ़े लिखे समाज में तो इसकी एक ज़रा भी पूछ नहीं है। ये डिग्रियां, कागजों की फाइल में उस बोझ की तरह हैं, जिसे आज तक हमारे एजुकेशन सिस्टम में सिर्फ पासिंग मार्क भर देखने के लिए प्रयोग में लाया जाता है। कम से कम मैंने तो 12वीं की डिग्री का इससे ज्यादा और कोई महत्वपूर्ण योगदान अपने विद्यार्थी जीवन काल में कभी नहीं देखा। 10वीं की डिग्री तो फिर भी डेट ऑफ बर्थ के प्रूफ में कई दफ़ा काम में आ गई। आज भले ज़माना आ गया हो, आधार कार्ड का, वरना मैंने तो इस 10वीं की डिग्री दिखाके एक जमाने में जाने कितने सिम कार्ड खरीद रखे थे।

पर सबसे मजेदार है 12वीं की डिग्री। आप कभी ठंडे दिमाग से सोचिएगा कि आपने 10वीं के बाद बारहवीं क्यों की! दसवीं के बाद तो हमारा पालन-पोषण ये अलग अलग प्राइवेट कोचिंग इंस्टिट्यूट ही इतनी अच्छी तरह कर देते हैं कि हमें और किसी विद्या परिसर में जाने की जरूरत नहीं। हाँ, 40 प्रतिशत अटेंडेंस और कैंटीन के समोसे के चक्कर में आप कभी-कभी कुछ लड़के-लड़कियों को कॉलेज में पा सकते हैं, पर ऐसे संयोग भी बड़े विरला ही बनते हैं। क्योंकि समोसा के काउंटर हर वक्त तो खुलते नहीं और रही बात अटेंडेंस की तो अरे साहब एक भी लेक्चर अटेंड किए बिना अगर कम से कम 60 प्रतिशत अटेंडेंस भी न बनाई हो तो लानत है ऐसे विद्यार्थी जीवन पर और दुगुनी लानत है आपके दोस्तों और सोसाइटी में दस जगह जान-पहचान होने पे। आप यहाँ ये कह सकते हैं कि हर संस्थानों में ऐसा नहीं होता और मैं कहता हूँ कि जहाँ आपको लगता है कि ऐसा नहीं होता होगा, आपको वहाँ के बारे में अभी बहुत कुछ जानना बाकी है।

लेकिन यहाँ मैं एक और बात कहूँगा, कि ये जो ऊपर बताई गई सारी व्यवस्थाएँ अगर सच में हैं तो आखिर इनमे बुराई क्या है! फर्ज कीजिए कि आपको अपने ऑफिस के लिए एक योग्य उम्मीदवार चाहिए, तो आप उसमें क्या देखेंगे!! नॉलेज और स्किल। नॉलेज के लिए तो आप टेस्ट ले ही लेते हो और स्किल का आइडिया इंटरव्यू लेकर पता चल जाता है। फिर आप ही सोचिए ये डिग्री कहाँ काम आई। मान लीजिए, शिक्षक की परीक्षा में, किसी जुगाड़ से (हालाँकि इन परीक्षाओं की ट्यूनिंग थोड़े हाई लेवल की होती है, सो इनमें जुगाड़ की बात तो आप भूल ही जाएं) किसी ने कटऑफ मार्क ले आए, तो वो बन गया है शिक्षक। उनका तो सुना है कोई इंटरव्यू भी नहीं होता, कई जगहों पर। यानि की पचास सही तुक्के आपको बना सकते हैं शिक्षक। शिक्षक समझते हैं न आप! ज़रा सोचिये, क्या विडम्बना है न! शिक्षक होने का मतलब है उसे उस विषय का कम से कम 100 प्रतिशत ज्ञान हो। उसे भी लोग 50 प्रतिशत में चुन ले रहे हैं। भीषण उपहास है ये। अब आप यहाँ ये मत बोलियेगा कि भाई उसकी डिग्री भी तो देखी जाती है, परीक्षा से पहले। मैंने इन डिग्रियों पे बहुत शोध कर रखा है। हमारे देश के अधिकतर प्रांतों में अभी भी डिग्री और शिक्षा सिर्फ एक प्रॉडक्ट हैं जिन्हें आप बाजारों में जाकर बड़ी सहजता से कभी भी एक सुइटेबल इंस्टॉलमेंट पे खरीद सकते हैं। आप तो बस ये ट्राई करिए कि आप कहलाना क्या चाहते हैं - डॉक्टर, इंजीनियर, एमबीए, शिक्षक या पीएचडी!

अच्छा, आजकल ये सर्टिफिकेशन वाला कल्चर भी बहुत वायरल है। ये लोग तो आजकल किसी भी विषय पे सर्टिफिकेशन कोर्स करवा दे रहे हैं। मैंने खुद तीन ऐसे सर्टिफिकेट खरीद रखे हैं। थोड़ा खर्चा तो होता है इन सब पर, लेकिन हाँ, जो एक चीज़ मिलती है इतना सब करने के बाद, वो हैं आत्मसंतुष्टि। और ये तो

आपका भी अनुभव होगा कि आत्मसंतुष्टि से बड़ी उपलब्धि और कुछ भी नहीं। दरअसल, हम इस भ्रम में ही खुश हैं कि हमारे पास फलां से एक डिग्री या सर्टिफिकेट ज्यादा है। अच्छा, मजेदार ये भी है कि मेरे ये सारे सर्टिफिकेट उन संस्थानों से हैं जो मान्यता प्राप्त हैं। अब ये बहस मैं नहीं करूँगा कि इन संस्थानों को ऐसी मान्यताएँ देता कौन है। खैर, मैंने शुरू में ही कह दिया है कि अगर इन सारी व्यवस्था से हमें कोई नुकसान नहीं, तो इनके होने में आखिर बुराई ही क्या है।

मैंने कभी भी इन सारी व्यवस्थाओं को बुरा नहीं माना या कहा। आप खुद ही देखिए न कि आज देश के हर युवा के हाथों में चाहे नौकरी हो या न हो मगर एक अच्छी सी डिग्री जरूर है। और जिनके हाथों में नहीं है वो जानते हैं कि ये कितने में और कहाँ से पाई जा सकती है। सोचिए न, ये क्या कम उपलब्धि है। आज हम, कम से कम कागज़ों पे तो गर्व से कह ही सकते हैं कि देश की एक बड़ी आबादी शिक्षित है। सिस्टम में बैठे बहुत से लोग आज उस बिल्ली की तरह हो गए हैं जो दूध पीते वक्त अपनी आँखें बंद कर देती है और उसे लगता है कि कोई उसे देख नहीं रहा। मगर हमें उन्हें देखने की जरूरत भी नहीं, हमें तो जरूरत है एक अच्छी सी चमकती हुई डिग्री की। साहब, आप तो बस डिग्रियों की संख्या बढ़ाइए, हमारे देश में नौकरी की कमी थोड़े ही है। वैसे अगर नौकरी ना भी मिले तो डिग्री से क्या परहेज। आप सोसायटी में अपने शिक्षित होने का दावा तो ठोंक ही सकते हैं न! और वैसे भी याद रखिएगा, जरूरी नहीं कि हर शिक्षित के हाथ में एक नौकरी भी हो जैसे जरूरी नहीं कि हर नौकरी करने वाला आदमी शिक्षित भी हो।

ये सब तो दरअसल हमारे और आपके मन के भ्रम हैं। मेरा ये भ्रम भी धीरे-धीरे टूट रहा है। पिताजी की जिद से मैं इंजीनियर

तो बन चुका हूँ। माँ की जिद से मेरी शादी भी हो चुकी है। मेरी पत्नी की जिद है कि मैं उसे बीएड करवा दूँ और मेरी समस्या ये है कि एक कॉलेज का एजेंट पचास हज़ार में घर बैठे 2 साल में बीएड की डिग्री या ऑफर कर रहा है और एक जान पहचान का दोस्त एक लाख में एक हफ्ते के भीतर बीएड की डिग्री बैक डेट से दिलवाने का ऑफर देकर अभी-अभी गया है। इन दोनों में से मैं किस ऑफर को हाँ कहूँ ये मेरी छोटी सी समस्या है और मैं आखिर अपनी पत्नी को बीएड करवा ही क्यों रहा हूँ, ये मेरा ज़रा सा भ्रम है... इसी को मृगतृष्णा कहते हैं क्या?

# "सरकारी लड़का"

दूर के रिश्ते में एक बहन निकल के आयी है, जिसकी शादी की बात चल रही है।

अगर घर में लड़की की शादी की बात चल रही हो और घर के भीतर इस विषय को लेकर कोई कलह जैसी स्थिति न बन रही हो तो इत्मिनान से समझ लीजिये की लड़की संस्कारों वाली है और उसका किसी और लड़के से कहीं कोई चक्कर-वक्कर नहीं चल रहा है। तो इस मामले में, ये जो मेरे दूर के रिश्ते वाली

बहन है, जिसकी शादी की बात चल रही है, उसके पिताजी बहुत सौभाग्यशाली हैं।

बेटी संस्कारों वाली निकल आये तो किस बाप का सीना गर्व से चौड़ा नहीं होगा! आखिर कहीं न कहीं से ये उनके खानदान से ही आये हुए संस्कार हैं, जो उनकी बेटी में भी अब दिखने लगे हैं। ये अलग बात है कि अगर बेटी संस्कारहीन निकल जाये तो यहाँ पर हमारे देश के बाप थोड़ा कन्फ्युज़ कर देते हैं। ऐसे केस में वो सीधे से कोस देते हैं, मदर वाले खानदान को। मतलब, हमारे बड़े बुजुर्गों ने, एक तरह से देखा जाये तो, बड़ा सिम्पल सा फार्मूला बना के रखा था - 'संस्कार अच्छे नजर आ रहे हैं तो बाप-दादा के खानदान की परम्परा को आगे ले जा रही है या ले जा रहा है, और अगर संस्कारहीन निकल जाये तो माताजी के पालन-पोषण में कहीं खोट रह गयी होगी, क्योंकि बाप-दादा का खानदान तो आईएसओ सर्टिफाइड होता है, वहाँ से तो फेलियर निकलने का कोई चांस ही नहीं है'।

अब आप कहियेगा कि किसी संस्कारहीन बेटी की माँ भी तो किसी न किसी पिताजी और दादा जी के खानदान से आयी है, तो उन दादाजी और पिताजी के खानदान का क्या, क्योंकि हमने तो पहले ही लिख दिया और समझ लिया है कि बाप-दादाओं के खानदान बहुत अच्छे होते हैं और माँओं और ननिहाल के खानदान बुरे। तो आपके इस कंफ्लिक्ट का जवाब ये है कि मुझे इसका जवाब नहीं पता। मैं आपको यहाँ अपने दूर के रिश्ते की जो मेरी बहन है, उसके शादी की कहानी सुनाने आया हूँ न कि उसके खानदान का चरित्र विश्लेषण करने। आपको अगर इस विषय में इतनी रुचि है, तो आप अपने आस पड़ोस के दादाओं और पिताओं से जाकर क्यूँ नहीं पूछते कि वो इस विषय के बारे में क्या सोचते

हैं! मेरा काम है, बस अपनी ये कहानी सुनाना और चले जाना। मैंने कोई, देश की बेटियों और खानदानों को संस्कारी और गैर संस्कारी घोषित करने का ठेका थोड़े ही ले रखा है। वैसे मुँह खुलवाया है तो सुन लो, मेरे देश के जवान और बूढ़े बापों, हम और आप ने जिस पुरानी किताब में ये अच्छे और बुरे का पैरामीटर सेट करना सीखा है न, उस नजर से अगर देखना और परखना आगे भी जारी रखा, तो आज के डेट में हमें हर बेटी संस्कारहीन नजर आएगी और हर बेटा घर का चिराग।

खैर!! ज्ञान की गंगा से थोड़ी देर के लिए बाहर आता हूँ और आपको यकीन दिलाता हूँ कि ये जो मेरे दूर के रिश्ते वाली बहन है (जिसकी शादी की बात चल रही है), वो सच में संस्कारी है। क्योंकि, ये जब मुझे मिली तो झुककर मेरे पैर छू लिए और मेरे पापा लोगों ने सिखाया है कि बड़ों का पाँव छूना अच्छे संस्कार के लक्षण हैं। तो इस हिसाब से मैं इस एक लक्षण से इस लड़की को पूर्णतः संस्कारी घोषित करता हूँ। परन्तु मेरी चिंता का विषय ये लड़की नहीं है, जिसने मेरे पैर छू लिए, मगर चिंता का बड़ा विषय तो लड़की के पिताजी हैं, जिन्होंने झुककर मेरे पैर पकड़ लिए हैं और अभी तक बहुत जोरों से पकड़े हुए हैं।

इससे पहले कि मैं कुछ और समझ या कर पाता, गिड़गिड़ाते हुए बोले "बेटा, ये लड़का हाथ से नहीं निकलना चाहिए। मैं इस बार पूरी तैयारी कर के शहर आया हूँ। 5-10 जो होगा, बढ़ना-घटना, मैं देख लूँगा, तुम बस लड़के से हाँ करबा दो"।

उनके इस आक्रामक व्यवहार (रवैये) से एक पल के लिए तो मुझे ऐसा लगा, जैसे मैं ही लड़के का बाप हूँ और लड़का तो बस मेरे आदेश की प्रतीक्षा कर रहा है कि 'हाँ पिताजी, बस यही है,

यही है, मेरे सपनों की राजकन्या और इसके पीछे जो चश्मा लगाये खड़े हैं, वही हैं मेरे जनक जी जैसे पिता समान ससुर'।

मैंने अंकल को दोनों हाथों से सहारा देते हुए उठाया और कहा, 'ऐसा भी क्या अंकल, शहर में हजारों लड़के मिलेंगे। किसी एक के लिए इतना भी क्या सोचकर बैठ जाना, और फिर मैंने तो उसकी तस्वीर भी देखी है। ऐसा क्या लगाव बढ़ा जा रहा है आपका, उसके लिए। और है भी तो स्टेनो। जिला का कलेक्टर तो है नहीं'।

मेरे पापा मुझसे हमेशा कहा करते थे कि तुम्हे जानकारी तो बहुत है, पर कौन सी बात कब, कहाँ और कितनी कहनी है, ये सीखने में अभी बहुत साल लगेंगे। आज भी यही हुआ। अंकल को मेरा ये 'स्टेनो' वाला डायलॉग चुभ गया। देखिये, ये मेरा और आपका (कहानी पढ़ रहा व्यक्ति) दिल जानता है कि मैंने जो भी अंकल को अभी कहा वो शत प्रतिशत सच है। हाँ, थोड़ा कड़वा है, पर सच है। मगर अंकल को क्या कहें। इन्हें तो डायबिटीज की बीमारी है। डायबिटीज में थोड़ा कड़वा भी बहुत मीठा के बराबर माना जाता है, सो बस, अंकल की सेहत तो बिगड़नी ही थी। लगे मुँह सुना दी मुझे, दस बात। "बेटा, कलेक्टर की औकात तो हमारी है नहीं और न ही समझ आता है हमें, ये स्टेनो का काम। मगर जो एक बात हमें सबसे साफ समझ में आती है वो है, सरकारी नौकरी। सरकारी होने का मतलब जानते हो ना! रिटायर्मेंट तक किसी को कुछ सोचने की जरूरत नहीं। फिक्स तनख्वाह और कम काम। लड़का और उसका परिवार लाइफटाइम के लिए सेट है"।

यहाँ मुझे हँसी आ गयी। नहीं, 'फिक्स तनख्वाह' या 'सेट' वर्ड से नहीं, बल्कि 'कम काम' वाली बात से। लेकिन शायद ये मेरे अपने अनुभव हो सकते हैं, कि मैंने किसी सरकारी कार्यालय में कभी काम होते हुए नहीं देखा। काम करने वाले देखे, काम हो जाने

की उम्मीद में सरकारी दफ्तर में जाने वाले भी देखे, मगर काम होते हुए देखने का सौभाग्य मुझ अभागे को आज तक नहीं मिला, कम से कम समय पर काम होने का तो आज तक नहीं। वैसे, आप को क्या लगता है! अगर सरकार, सीना पीट कर हर साल इतने काम करने का दावा करती है तो इतने नहीं तो, कम से कम उतने काम तो होते ही होंगे कि कुछ (सब नहीं कुछ) अधिकारियों को तनख्वाह देना जस्टिफाइड लगे। लेकिन मैं बार बार कह रहा हूँ कि ये मेरे व्यक्तिगत अनुभव हो सकते हैं, या मेरा उन कार्यालयों में पहुँचने का वक्त ही गलत होता होगा, जैसे लंच का टाइम, चाय का टाइम, नाश्ते का टाइम या किसी न किसी विशेष बहस का टाइम। मैं समझ गया ये मेरी ही गल्ती है, मैं समय देख कर उन दफ्तरों में कभी गया ही नहीं, जहाँ, समय पर काम होते हैं। वैसे आपलोगों ने मुझे कहाँ इन सरकारी दफ्तरों में फँसा दिया, बात अंकल के आत्मसम्मान से निकली और इन दफ्तरों तक पहुँच गयी। बताइए।

तो ऐसा है कि, मुझे दो बात बिल्कुल साफ-साफ समझ में आ चुकी है। पहली ये, कि ये अंकल कम से कम अपने जीते जी तो इस लड़की की शादी किसी सरकारी वाले से ही करवाएंगे और दूसरी ये, कि ये इस मामले में अब और किसी तरह की दलील भी नहीं सुनेंगे। मेरी दूर के रिश्ते की प्यारी बहना (जो बेचारी संस्कारी भी है) के लिए मैं सोचकर परेशान हुआ जाता हूँ कि उसके लिए खुशी मनाएं या रोयें, क्योंकि जो अगला विस्फोट मेरे अन्दर हुआ है, उस होनहार लड़के की तस्वीर देख कर, उसे शायद मेरी कोमल बहन का कोमल हृदय कभी बर्दास्त न कर पाए। ये तस्वीर इतनी भयावह और दुखदायी है कि मैं डर रहा हूँ कहीं ये संस्कारी लड़की इसे देखकर विद्रोह पर न उतर आये।

हम सब एक ही इश्वर की रचना हैं, हमें ये बताया गया है। रूप से गुण लाख गुना बड़ा होता है ये बातें भी पढाई गयी हैं। लेकिन

अगर थोड़ा और खोजने से एक ज्यादा रूपवान; बस थोड़ा ज्यादा, मिल जाये तो इस तस्वीर वाले का बहिष्कार करना कहीं से भी पाप की श्रेणी में नहीं आएगा। कहते हैं, ये रूप-वूप तब अमान्य हो जाते हैं जब जब दो लोगों के बीच प्रेम ज्यादा हावी होने लगे। यहाँ ये बात तो है नहीं। प्रेम कौन कहे, अभी बात इतनी भी नहीं बढ़ी कि लड़की उस लड़के से घृणा भी कर सके। पासपोर्ट साइज़ के रूप में आया ये कलमुँहा, इस घर के लिए, क्यूँ इतना इम्पोर्टेन्ट होता जा रहा है, जिसपे हम चर्चा करके अपना सर खपा रहे हैं। कलमुँहा शब्द से आपको बुरा नहीं लगना चाहिए। जिसका मुँह काला हो उसे एक साथ जोड़ के कम शब्दों में कहना हो तो अनायास हीं कलमुँहा निकल आएगा। आप ये सुनने के ज्यादा आदी नहीं हैं क्यूंकि आप ने बचपन से कलमुहीं शब्द बहुतों बार प्रयोग होते हुए सुना होगा पर कलमुँहा नहीं। हाय रे पुरुष प्रधान देश!!

ऊपर मैंने एक और बात अधूरी छोड़ दी थी। हमें लड़के के रूप या रंग पे नहीं जाना चाहिए, ये एकदम सही बात है, चलो मान लिया। पर गुण पे जाना हमारा अधिकार नहीं पर कर्तव्य तो जरूर बनता है। इस पासपोर्ट साइज़ के कलमुहे लड़के (आप कलमुहे पे बार-बार नाक भौंह न सिकोड़ें। चलिए मैं भी अभी से अपने आप को गोरमुँहा कहना शुरू कर देता हूँ, खुश) में क्या गुण है ये कोई बताये जरा। सरकारी नौकरी होना - ये तो कोई गुण ही नहीं है, ये तो उसका व्यवसाय है। गुण का उल्लेख तो बायोडाटा में किया जाता है, जो बदकिस्मती से, शादी के प्रयोजन से लड़कों का बनता नहीं है। पर ये भी एक विडम्बना है कि हमारे देश में शादी का बायोडाटा केवल लड़कियों का ही बनाया जाता है। लड़कों की केवल 'फोटो से' और 'कितना कमाता है' कहने से, काम चल जाता है। तो अब बायोडाटा तो है नहीं, तो मेरी ये अभागी बहना कैसे समझे कि जिस कलमुहे के साथ इसको बाँधा जा रहा हैं वो गुणवान है भी या

नहीं! पैसा और पावर एक क्रिमिनल के पास भी होता है और अच्छे गुण एक भिखारी में भी पाए जाते हैं। ये दो तीन लॉजिक सोच-सोच कर मेरा तो कम से कम इस लड़के से बिल्कुल मन उठा जा रहा है और इस बहन के लिए चिंता बढ़ती जा रही है, सो अलग।

अच्छा, हमारी और आपकी इस बहस के दौरान अंकल जी ने लड़की को लड़के की तस्वीर दिखा दी है, तभी वो भागी-भागी किचन की तरफ गयी है। अब ये भी एक बड़ी गज़ब समस्या है। हमारे देश में जब लड़की लड़के की तस्वीर देख कर किचन या छत की तरफ भागे तो हमें ये गुमान हो जाता है कि वो शर्मा गयी होगी। मेरा मानना है कि जा के एक बार देख भी लो, हो सकता है वो गुस्से से भागी हो, या तस्वीर देखकर डर के भागी हो। इतनी सदियाँ बीत गयीं पर ये चेक करने कोई बाप लड़की के पीछे-पीछे नहीं भागा। उनकी माओं ने पीछे-पीछे भागना चाहा, कि अपनी बेटियों से जा के पूछें कि वो भागीं क्यूँ, पर उन्हें भी रोक लिया गया, ये कहकर, कि तुम कहाँ चली! चलो हम सब का मुँह मीठा कराओ। मुझे तो ये भी लगता है कि बहुत सारे बाप जान बुझकर भी उनके पीछे नहीं जाते होंगे, कि कहीं उसके चहरे पे शर्म के बदले विद्रोह पढ़ लिया तो खानदान के संस्कारी प्रथा का अखंड यज्ञ भंग ना हो जाये। और ऊपर से एक और नया लड़का खोजने की टेंशन अलग।

आपलोगों के इसी चक्कर में मैं कोई ढंग की कहानी नहीं लिख पाता हूँ। आप मुझे भटका देते हैं और मैं भी भटकने लगता हूँ।

रात किसी तरह कटी। सुबह के सारे कार्यक्रम पूरे करके दोपहर भी बड़े असमंजस में काटी गयी है। शाम का वक्त हो चुका है। मैं, अभागी बहन, और अंकल जी लड़के को देखने घर से निकल चुके हैं। जिस बेटी को अंकल ने हमेशा रिक्शे और लोकल बस में

सफर करवाया था, आज उसके लिए एक सरकारी लड़का देखने जाना हुआ तो मुझसे एक स्पेशल सिफारिश करके मेरी ऑफिस से (प्राइवेट ऑफिस, हाँ सरकारी नहीं) इनोवा कार मँगवा ली। अंकल की महिमा अपरम्पार है। ड्राइवर को यहाँ तक भी सिखा दिया गया है (मेरे द्वारा नहीं, अंकल के द्वारा) कि 'सर' या 'साहब' शब्द का अधिकतम उपयोग करे और ऐसे आगे-पीछे रहे कि हमारा पर्सनल ड्राइवर ही है। मैं जब ये सारे ताम-झाम देखता हूँ और फिर उस लड़के की तस्वीर याद आती है, तो बड़ा अजीब सा महसूस होता है।

आज अंकल का मन सातवें आसमान पर है। उन्होंने तो अपनी तरफ से खुद ही ये रिश्ता पक्का समझ लिया है। अंकल की असीम कामनाओं की सूची भी लम्बी है। इस सूची में अब एक इच्छा ये भी जुड़ी कि बेटा किसी मंदिर से होते हुए चलेंगे, ऐसे कामों में भगवान का आशीर्वाद ले के निकलना अच्छा होता है। मुझे फिर मन में हँसी आ गयी। मैं सोच रहा था, अंकल जी आप तो चाहे माता वैष्णो देवी के भी दर्शन कर के लड़के को देखने जाओ, उसका रंग तो काले से गोरा होने से रहा। खैर अपनी-अपनी मान्यताएँ, अपने-अपने संस्कार।

संस्कार से याद आया, देखिये कार आ गयी है। लड़की पीछे वाली सीट पे अंकल जी, जो उसके पिता हैं, के साथ बैठी हैं। अगर वो आगे बैठे, तो ड्राइवर पराया मर्द, और अगर पीछे मेरे साथ बैठे तो, मैं पराया मर्द। अब आप ही सोचिये न दूर के रिश्ते का भाई भी कोई भाई होता है! रिश्ता जितना दूर का निकलता है, उसकी सत्यता, आत्मीयता, अपनापन और भरोसापन, सब उतनी ही दूर का होता जाता है। खैर इस विषय पे चर्चा कभी और।

फ़िलहाल आगे बढ़ते हैं, क्योंकि संभावित दूल्हा-दुल्हन के मिलने का स्थान जिस पार्क में तय हुआ है, वो 6 बजे के बाद

बंद हो जाता है और गंतव्य स्थान की दूरी होगी लगभग 30 से 40 मिनट के बराबर। रास्ते में हनुमान मंदिर से दर्शन करते हुए हम सीधे पहुँचते हैं सुभाष पार्क के गेट न-2 पे। अक्सर ये सब दो नम्बरी काम आगे के गेट से नहीं किये जाते, आपने अक्सर नोटिस भी किया होगा। उदाहरण के लिए, 'मैं आपका पीछे वाली गली में इंतजार करूँगा', 'प्लेटफार्म के मेन गेट से नहीं उस पार से उतरियेगा', 'मेन मार्केट के पीछे वाली गली में आपका वो सामान मिल जायेगा' इत्यादि-इत्यादि।

गेट नं 2 का नजारा कुछ यूँ है कि, गेट के ठीक साइड में जो छोटा सा पार्किंग ज़ोन है उसमें एक बोलेरो जीप खड़ी है, जिसके पीछे वाले शीशे पर लाल रंग में 'राज्य सरकार' लिखा हुआ है। 2010 मॉडल की इस खटारे बोलेरो पे गहरे लाल रंग से लिखे 'राज्य सरकार' शब्द से अहंकार फूट-फूट के बाहर आ रहा था। मगर मैं विचलित हो पड़ा उस चहरे से, जिसका प्रकाश भी बोलेरो की पिछली सीट से बाहर आ रहा था। लड़का मेरी उम्मीदों पे पूरा खरा उतरा। वही रूप, वही रंग। बहना जी भी मॉर्डन ज़माने की हैं, उन्होंने भी लड़के की एक झलक पता नहीं कब और कैसे पा ली! वैसे ये उससे पूछने या जानने की जरुरत भी नहीं पड़ी की लड़का उसे कैसा लगा! उसका डर और चिंता से सताया हुआ चेहरा चीख-चीख कर अपने पिता से ये प्रश्न कर रहा था कि 'आखिर मेरा गुनाह क्या है'!

लड़का गाड़ी से उतरता है। अच्छा, अब सरकारी वाले टाइप के अधिकतर लड़कों का ड्रेस सेन्स यूनिक और ऑलमोस्ट पेटेंट टाइप का होता है। लेकिन ये भी मेरी अपनी राय, या कहिये, मेरा व्यक्तिगत अनुभव या ऑब्जर्वेशन है कि मैंने 60 से 70 प्रतिशत सरकारी कर्मचारी प्रायः ऐसे हीं गेटअप में देखे हैं। बड़े चेक वाली

शर्ट (फुल बांह किये हुए), बकायदा लेदर की बेल्ट, सियाराम या विमल का प्लेट वाला ट्रॉउज़र, श्रीलेदर या बाटा का फीते वाला जूता, सोनाटा या टाइटन की घड़ी, एक दो ग्रहों वाली अंगूठी और शर्ट की अगली पॉकेट में रेनॉल्ड की एक पेन। ये 60 से 70 प्रतिशत वाले उदहारण हैं जितनों से मैं मिला हूँ। यानि अभी भी मुझे अपने इस जीवनकाल में देखने के लिए बहुत कुछ शेष है। खैर, अब जैसा है सो है।

तो आगे का सीन यूँ है कि ये टिपिकल योग्य भावी वर अपने पिताजी का एक इशारा पाते ही गाड़ी से उतरता है और अपने भावी या कहिये संभावित ससुर के पैरों पर गिर जाता है (या यूँ कहिये कि उनके पैर छूता है)। बस इतना सा घटना क्रम मेरे अंकल का सीना 36 इंच चौड़ा करने के लिए काफी है। अंकल ने अपने श्रीलेदर वाले पर्स से (जो पर्स से उन्होंने बनियान के अन्दर से निकाली है, बनिस्बत पैन्ट की पिछली पॉकेट के) 500 का नोट निकाला और लड़के को मुंह दिखाई (मेरी नज़र में चापलूसी दिखाई) स्वरूप दे दिया। मेरा मन हुआ कि एक बार को जा के मैं भी अंकल के पैर छू लूँ लेकिन फिर मेरी नज़र अचानक से मेरी बहन के सैंडलों पर पड़ी। मुझे एक पल के लिए लगा कि लड़की, लडके को देख कर भागने की तैयारी में है, मगर ऐसा उसका सौभाग्य कहाँ! उसे तो अभी आगे कितनी ही परीक्षाओं से गुजरना था। सरकारी लड़के की माँ और बहन, लड़की को एक कोने में ले जाकर ठीक वैसे ही चेक कर रहे थे जैसे कोई महँगा सामान या कपड़ा लेने के पहले हम उसे चारो तरफ से पलट कर चेक कर लेते हैं कि प्रोडक्ट में कोई डिफेक्ट तो नहीं है!

सैंडल उतारने का कांसेप्ट बाद में समझ आया, जब पता चला कि लड़के से लड़की की हाईट थोड़ी सी ज्यादा है; तो ऐसे में चेक

किया जा रहा था कि लड़के की जोड़ी लड़की के साथ, बिना हील वाली सैंडल के साथ सही लगेगी या नही! भगवान का लाख-लाख शुक्र है कि लड़की बिना हील के 1 इंच छोटी निकल गयी, वरना बड़ा होने पे अंकल जी उसके पैर भी कटवा सकते थे। हमें बचपन से फ़िल्में दिखा-दिखा के सिखा दिया गया है कि अच्छी जोड़ी वही है जिसमें लड़का लम्बा और लड़की छोटी हो। सर्वश्रेष्ठ जोड़ा एक समान हाईट का होता है, जिसमें लड़का छोटा-बड़ा भी चल सकता है, लेकिन अगर ऐसी जोड़ी बने जिसमें लड़की लड़के से लम्बी निकल जाये तो ये थोड़ा संदेहास्पद हो जाता है और ऐसा मान लिया जाता है कि इस विवाह में कहीं न कहीं कम्प्रोमाइज़ किया गया है।

इधर पार्क का नजारा ये है कि लड़के और लड़की, जिनकी शादी होने वाली है, उन दोनों को छोड़कर बाकी सारे सगे सम्बन्धी आपस में बात कर रहे हैं। अंकल की ये पूरी कोशिश है कि मैं उस लड़के से दूरी बनाये रखूं, ताकि वो मेरे सकरारी वाले काम्प्लेक्स की भावना से बचा रहे और किसी तरह भी आहत न हो। लड़की लगभग सभी को पसंद आती दिख रही है, लड़का थोड़ा संशय में है, पर चिंता की बात नहीं हैं, उसका चेहरा हीं ऐसा है कि एक्सप्रेशन के मामले में कोई भी धोखा खा सकता है। अंकल अपनी लड़की की सुन्दरता और संस्कार को दहेज़ का रेट कम करवाने की प्रक्रिया में अच्छे से भुना रहे हैं। लगता है मामला 20 लाख तक सेट हो जायेगा, एक सैंट्रो कार के साथ।

पार्क बंद होने का टाइम होता है। लड़के वाले अपनी बोलेरो में (राज्य सरकार वाली), हम लोग इनोवा में (प्राइवेट कंपनी वाली) सेट होते जा रहे हैं। पार्क छोड़ते वक्त लड़के के पिताजी का कहते हुए जाना कि, "ठीक है भाई साहब, कल फोन करेंगे और फ़ाइनल

बताते हैं", ने अंकल को थोड़ा सा टेंशन में डाल दिया है। पर उन्हें अपनी लड़की के संस्कार और सुन्दरता का पूरा भरोसा है और फिर हमने निकलने के बाद मंदिर में दर्शन भी तो किये थे। सो ऐसा है कि सारे संयोग बिलकुल ठीक बैठ रहे हैं। रात, कौन कैसा था और किसने क्या-क्या खाया आदि बातें करते-करते कट गयी है।

मैंने ऑफिस से आज भी छुट्टी ले रखी है (अंकल के साथ मार्केटिंग भी करनी है)। 2 बजे तक, जब सामने वाले की ओर से कोई कॉल नहीं आई तो हमने खुद उन्हें कॉल करना मुनासिब समझा। पर अबकी बार समाचार बुरा है। लड़की सामने वाले की तरफ से रिजेक्ट कर दी गयी है। कारण, लड़की का हल्का रंग बताया जा रहा है। अंकल के गुस्से का कोई ठिकाना नही। एक मिनट, उनका गुस्सा लड़के वालों पर नहीं है। उनका गुस्सा है अपनी बेटी पे, जिसने धूप में घूम-घूम कर अपना चेहरा ख़राब कर रखा है। ये अन्दर की बात है। वैसे, ये उनका भी दिल जानता है कि अगर वो लड़के वालों के 25 लाख के ऑफर को निगोशिएट कर के 20 तक लाने की रिक्वेस्ट नहीं करते तो आज इस ड्राइंग रूम में हम सगाई की डेट और मीनू डिस्कस कर रहे होते।

अंकल की मानें तो अच्छा सरकारी लड़का हाथ से निकल गया, मेरी मानें तो अच्छा हुआ ये लड़का हाथ से निकल गया, और इस अभागी बहन की मानें तो ये एक बार फिर रिजेक्ट हो चुकी है और मैं डरता हूँ कि इसका कोमल मन इतने सारे रिजेक्शन झेल पायेगा भी या नहीं! इस समय इस लड़की की मनोस्थिति और उसका संस्कार दोनों खतरे में हैं।

# "भाड़े का सूट"

कहानी शुरू करने के पहले ही आपसे एक बात पूछूँ! भगवान की कसम खाके कहिएगा, क्या ये सूट के साथ भाड़ा शब्द सूट करता है? मतलब ज़रा सोचिए न, एक आदमी अपनी महत्वाकांक्षा के कितने प्रेशर में होगा कि उसे भाड़े का सूट पहनने की जरूरत पड़ गई होगी। मैं ये नहीं कहता कि ऊँची महत्वाकांक्षा रखना कोई पाप या जघन्य अपराध है, मगर सूट के लिए!!! बिलकुल सूट नहीं करता।

जरूरत या मजबूरी रोटी की हो सकती है, बदन ढँकने लायक कपड़े की हो सकती है या सर के ऊपर एक छत की हो सकती है। चलिए मैं तो कहता हूँ कि शिक्षा की भी हो सकती है... मगर सूट के लिए ऐसी क्या मजबूरी कि उसे भाड़े पे लिया जाए और लेके पहना भी जाए!!! अरे भाड़ा को थोड़ा और नीचे गिराइये तो उधार वाली फीलिंग आएगी। उससे थोड़ा और नीचे गिर के सोचिए तो उधार क्या होता है? नहीं बताइए न, उधार क्या होता है? उधार लेने का मतलब होता है, किसी दूसरे की पहनी हुई, ओढ़ी हुई, दया से दी हुई, या इस्तेमाल की हुई कोई चीज़ पहनना। अब इससे नीचे मैं नहीं गिर सकता। यानी ये जो ऊपर के 2 -3 लाइन मैंने लिखे, उनका सारांश तो यही लिखा जा सकता है कि "एक आदमी, अपनी महत्वाकांक्षा के कितने प्रेशर में होगा कि उसे दूसरे आदमी के उतारे हुए सूट को पहनने की जरूरत पड़ गई होगी"! अब लगा न थोड़ा खराब। मैंने तो कहा ही था कि सूट के साथ 'भाड़ा' शब्द सूट नहीं करता।

मगर अब समझा के क्या फायदा? नहीं, आपके लिए नहीं कह रहा हूँ। मैं तो आलोक जी की बात कर रहा हूँ। अब आप पूछेंगे आलोक जी कौन हैं और इस कहानी में कहाँ से टपक पड़े! अरे भाई, ये कहानी ही आलोक जी की है। दरअसल देखा जाए तो उनकी कहानी में आप आ टपके हैं। तो आलोक जी कौन हैं!! जी हाँ, ये ही वो अभागे हैं जिन्हें मैं ये भाड़े वाली बात सही समय पर समझा नहीं पाया। एक काम कीजिए, मेरे साथ थोड़ा पीछे आइए और आलोक जी के परिचय से शुरू करते हैं।

आलोक जी शादीशुदा इंसान होने के नाते एक पत्नी के पति, कुछ लड़कियों के जीजा, एक बुजुर्ग दम्पत्ति के दामाद और एक दो लोगों के बहनोई इत्यादि हैं। हाँ, वो दो लड़कियों और एक लड़के

के बाप भी हैं। प्राइवेट कर्मचारी हैं। तनख्वाह आकांक्षा से कम है, यानि यूँ समझिए वो काफी महत्वाकांक्षी हैं और बस ऐसा है कि कुल मिलाकर यही उनका परिचय है, और कम से कम इस कहानी के संदर्भ में इतने परिचय से उनका और आपका काम बड़े मज़े में चल जाएगा।

ससुराल और दामाद ये दो अलग-अलग 'खेमें' हैं। 'खेमा' समझते हैं न? हाँ, वही तम्बू जिसमें पक्ष और विपक्ष के लोग रहते हैं और जब युद्ध या मिलाप का शंखनाद होता है, तो सब अपने अपने तम्बू, यानि खेमें से बाहर निकलकर आपस में मिलते हैं। वैसे 'खेमा' शब्द का और भी कई तरह का सिमिलर अर्थ है, पर मुझे ये वाला सबसे अच्छा समझ में आता है। तो बात हो रही थी, ससुराल और दामाद की। ससुराल वो दल है, जिसका मुख्य सेनापति कई सालों से दामाद के साथ वाले खेमे में ही उसके लगातार संपर्क में रह रहा है। यानि यूँ समझिए न कि चाहे युद्ध हो या मैत्री, दोनों निर्णय दामाद के ही खेमे से आने हैं। अच्छा मैं बताना भूल गया, पर आप तो समझ ही गए होंगे कि यहाँ सेनापति कौन हैं।

पिछले साल नवंबर के महीने में एक ऐसा ही शंखनाद आलोक जी के खेमे में हुआ। नहीं-नहीं घबराइए मत, ये किसी युद्ध का बिगुल नहीं अपितु मैत्री का घोषणा पत्र था। जी हाँ, ससुराल वाले खेमे से चचेरे वाले साले की शादी का इनविटेशन आया था। आप चचेरे को इतना लाइटली मत लीजिए, साले के भारीपन पे फोकस कीजिए। इस पूरी रंगभूमि में बेचारे आलोक जी निहत्थे, करते क्या... इस संधि पत्र को ठुकराने का साहस उनमें आया ही नहीं और एक दो बार कोशिश की भी तो उस 'साहस' को लाने नहीं दिया गया।

मैं कसम खाके कहता हूँ कि अगर मेरे घर में अपने चचेरे भाई की भी शादी होती, तब भी मैं शायद ऐसा ही एक्सप्रेशन देता कि 'देख लो, जाना जरूरी है क्या'!! मगर यही डायलॉग अगर मैं अपनी बीवी के चचेरे भाई के लिए बोल दूँ तो इस बात पे तो दोनों खेमे में युद्ध का माहौल बन जाए। वैसे ये हर खेमे, मतलब हर घर की कहानी है।

आलोक जी के परिचय के दौरान मैंने शुरू में ही बताया था कि उनकी तनख्वाह उनकी आकांक्षाओं से कम है, पर मैं ये बताना भूल गया था कि उनकी तनख्वाह उनकी पत्नी की आकांक्षाओं से बहुत ज्यादा कम है। अब शादी चूँकि, चचेरे भाई की थी, तो अबकी बार सेनापति ने मोर्चा संभाल लिया था। मोर्चा संभालना मतलब, क्या गिफ्ट देना है, क्या ज्वेलरी बनेगी, मायके वालों के लिए क्या-क्या सामान जायेगा, कौन क्या पहनेगा और वगैरह - वगैरह। अच्छा, चचेरे भाई की शादी है तो जीजाजी की हैसियत से आलोक जी सबके आकर्षण का केंद्र बने रहेंगे, सो इनका आकर्षक दिखना भी जरूरी था। अब ऐसे में इन्हें क्या पहनाकर बारात के दिन उतारना है, वो भी चर्चा का केंद्र बना हुआ था।

एक तो आपने नोटिस किया होगा कि आप चाहे साल भर फकीरों की तरह इधर-उधर घूमकर गुजार दें, मगर जब बीवियों के मायके में जाने का मौका निकलता है तो ये बीवियाँ अपने पतियों के हुलिए, कपड़ों और पर्सनालिटी को लेकर बहुत फोकस्ड हो जाती हैं। ऐसा लगता है मानो वो अपने मायके वालों से आपको मिलाने नहीं बल्कि उनके सामने आपको परोसने ले जा रही हों। आप वहाँ उनके सामने ऐसे जाइएगा, उनसे ऐसे बात कीजिएगा, उन्हें ये पसंद नहीं, आपने पिछले बार भी वहाँ मेरी बेइज्जती करा दी, और ऐसे ही न जाने क्या-क्या टॉर्चर कर के दुश्मन के खेमे में मासूम

पत्नियों को उतारा जाता है। बहुत से मर्द तो बस इस टॉर्चर से बचने के लिए ससुराल जाना अवॉयड ही करते हैं और लोग सोचते हैं लड़का, बीवी और उनके घरवालों की इज्जत नहीं करता।

अचानक से दूर के चचेरे भाई की निकली शादी ने वैसे ही पूरे घर का बजट हिला कर रख दिया था। ऊपर से आलोक जी की बीवी भी अलोक जी को दूल्हा बना के ससुराल ले जाने के चक्कर में थीं; मतलब सूट पहना के। मुझे पता नहीं कितने मिडिल क्लास के लोग मेरी ये कहानी पढ़ रहे होंगे मगर मैं आप सबों को बता दूँ कि हम मिडिल क्लास के शादीशुदा मर्दों का जो सबसे बड़ा दर्द होता है, वो ये कि उसे हर शादी या बड़े फंक्शन में अपनी शादी का वही चमकने वाला पुराना सूट पहन के जाना पड़ता है। सूट इसलिए, क्योंकि महत्वाकांक्षा बड़ी है, और वही शादी का सूट हर बार इसलिए क्योंकि दूसरा सूट खरीदने की औकात नहीं हैं। आलोक जी का केस थोड़ा अलग इसलिए भी पड़ गया क्योंकि इनकी श्रीमती जी की आकांक्षा और महत्वाकांक्षा दोनों आलोक जी से ज्यादा बड़ी थी।

शादी वाले पुराना सूट को तो वो देखना तक नहीं चाहती थी। एक तो मर्द आदमी का चेहरा ऐसे भी बहुत ज्यादा नहीं बदलता, ऊपर से उसी एक सूट में हर फंक्शन पे आलोक जी के साथ उनकी फोटो ऐसे लगती थी मानो किसी ने उनके पति की सेम पोज़ और सेम ड्रेस में एक फोटो खींच दी हो और हर ओकेज़न पे उसे ही कॉपी करके उनके बगल में चिपका दिया हो। आलोक जी सामने वाले का दर्द समझ सकते थे सो उन्होंने कहा "मैं इस सूट को पहनूँगा ही नहीं, ये लाल वाली शर्ट पहनकर बारात में जाऊँगा।

श्रीमती को इतने पर चैन कहाँ था। उन्होंने इस बात को ज़ोर देते हुए कहा कि जायेंगे तो आप सूट में ही, हाँ ये वाली नहीं। अब

उसे और आलोक जी दोनों को ये पता था कि इस समय इस घर की औकात नहीं जो चचेरे साले की शादी में खुद का एक नया सूट सिलवा लिया जाए। शादी का पूरा बजट और अकेला सूट का बजट दोनों आसपास आ रहे थे, सो ये भी संभव नहीं था कि कुछ भी न ले जाया जाए और बस नया सूट पहनकर, आलोक जी बारात में अकेले नाचें।

सो फिर क्या था, आ गया वही, महत्वाकांक्षा का प्रेशर। एक दुकान जिसका पता आलोक जी की श्रीमती जी को था, उसके यहाँ से भाड़े पर एक सूट लिया गया। भाड़ा याद है न, वही किसी का उतारा हुआ कपड़ा। हर दिन का 750 रुपये तय हुआ और एक इम्पोर्टेड सूट के साथ आलोक जी अपने खेमे में वापस आ गए। और कुछ इस प्रकार शादी के निमंत्रण वाले इस जंग में पहली जीत ससुराल वालों की हुई।

अलोक जी की श्रीमती जी शादी के दिन ठीक सुबह-सुबह अपने छोटे-छोटे अस्त्र-शस्त्रों (दोनों बच्चों), तीन ब्रीफकेस और अपने पति को समेट कर अपने मायके पहुँच गईं। वहाँ आलोक जी का स्वागत ठीक उसी तरह हुआ जैसे किसी भी सभ्य घर में अपने दामाद का होता है। इस पूरे आवभगत में सूट का कहीं योगदान नहीं था, क्योंकि वो तो आलोक जी शाम को पहनने वाले थे। बाकी सब चीज़ें वैसे ही हो रही थीं जैसा कि और ससुरालों में दामाद के साथ होती हैं। आंगन की एक साइड में मुझे लकड़ी वाली कुर्सी पे बिठा दिया गया था, स्टील के प्लेट में मिठाई और दालमोट खाने को मिल गए थे, जो भी लोग आ या जा रहे थे उनसे मिलवाया जा रहा था, सालियाँ बीच-बीच में आकर मुझे छेड़ दे रही थीं, और सास बीच-बीच में आकर 'और सब ठीक है न मेहमान' पूछ ले रही थीं। पर ये सब तो शायद ऐसे भी होता, अभी तक आलोक जी को इस

750 रुपए पर-डे वाले भाड़े के सूट पर इन्वेस्टमेंट लॉजिकल नहीं लग रहा था। हाँ, मगर इतना था कि शत्रु के खेमे में दिन अच्छा गुजर रहा था, इज्जत बनी हुई थी।

तो अब शाम होती है। बैंडबाजे वालों की टीम घर के बाहर आ चुकी है और वो लोग अपने रिहर्सल सेशन में व्यस्त हैं। दुनिया के किसी भी घर में चाहे शादी का इंतजाम पिछले कई महीनों से चल रहा हो पर वो जो लास्ट मोमेंट पे ये बैंड वाले घर के आगे रिहर्सल शुरू करते हैं न, तभी शादी वाली असली फीलिंग आती है। घर के अंदर भी जो काम अभी तक स्लो स्पीड से हो रहा था, अब जल्दबाजी में शुरू हो जाता है। हर दूसरा आदमी, तीसरे आदमी को यही कहता हुआ दिखता है कि 'अरे, जल्दी से मेरा कपड़ा निकालो, देखो बाहर बैंड बाजे वाले भी आ गए'।

कपड़ों से याद आया, आलोक जी की श्रीमती, उनका सूटकेस और आलोक जी का सूट, ये तीनों बहुत देर से नहीं मिल रहे हैं। किसी ने बताया कि श्रीमती जी ब्यूटी पार्लर से होकर बस आने ही वाली हैं, तब तक आपको नहा लेने के लिए कहा है। अभी शाम में घर का नजारा दर्शनीय है। अभी चाहे वो कमिशनर मौसा जी हों या किराने की दुकान चलाने वाले फूफा जी, चाहे वो सचिवालय वाले चाचा जी हों या एसटीडी-आईएसडी दुकान चलाने वाले मामाजी, सब में एक चीज़ कॉमन दिखने लगी कि सब के सब सूट में बाहर निकलने लगे। यहाँ, इससे कोई लेना-देना ही नहीं कि सामने वाले पे ये सूट, सूट कर भी रहा है कि नहीं, पर सूट सब ने पहन रखी है। इस समय आलोक जी की अपनी बीवी के लिए इज्जत थोड़ी सी बढ़ गई। अब उन्हें ये समझ में आने लगा कि ये भाड़े का पैसा इस शादी में तो वसूल समझो और साथ ही साथ ये भी आभास होने लगा कि शायद ये सूट इस खेमे के मर्दों का ड्रेस कोड ही हो, क्या

पता! तब तक तो खैर श्रीमती जी भी चेहरे पर मेकअप पोतकर पहुँच गई थीं, सो बड़ी मुश्किल से आलोक जी ने उन्हें भीड़ में से पहचानकर निकाला और अपना सूट (भाड़ेवाला) मँगवाया।

तो ऐसा है कि अब मुकाबला बराबरी का है। जैसे सब सूट वाले, वैसे ही आलोक जी भी सूट वाले। अब इस भीड़ और ससुराल के रिश्तेदारों में कौन पूछता है कि भाड़े वाले सूट कितनों ने पहने हैं और अपने वाले कितनों ने।

कुछ देर में एक बात हुई, अचानक से आलोक जी की तलाश शुरू हो गई। हर पाँचवाँ आदमी यही पूछ रहा था कि दामाद जी कहाँ हैं, दामाद जी कहाँ हैं! बातचीत करने पर ये पता लगा कि दरअसल जीजाजी होने के नाते अपने चचेरे साले को जो कपड़ा पहनाने वाली रस्म होती है, उसके लिए आलोक जी उम्मीदवार के रूप में चुने गए हैं और सर्वसम्मति से पास भी किए गए हैं। आपको नहीं पता हो तो बता दूँ, ससुराल में दामाद के लिए ये ऑफर बड़ा प्रॉफिट वाला होता है। हाँ ये बात है कि सामने वाले को अपने हाथों से जूते और मोजे पहनाने में एक बार को आपका आत्मसम्मान गिरेगा जरूर, लेकिन कमाई सही हो जाती है।

ऊपर से आलोक जी ठहरे, उस घर के प्रिय दामाद, सो इस नाते ही शायद, उन्हें नेग में एक वजनी सोने की अँगूठी मिली। आलोक जी ने अँगूठी उँगलियों में फँसाते वक्त तक ये अंदाजा लगा लिया था कि कम से कम तीन ग्राम की जरूर होगी। टैक्स वैक्स जोड़ घटा के लगभग 15,000 रुपये का मुनाफा पक्का। अभी बाजी पलटी थी। जी हाँ, शनु के खेमे में अलोक जी की ये पहली जीत थी और अब उन्हें पूरा यकीन हो गया कि हो न हो, इस सूट ने उनका भाव बढ़ा दिया था, वरना पिछले बार ससुराल के ही एक दूसरे रिश्ते में उन्हें डेढ़ ग्राम वाली अँगूठी भी पहनाई जा चुकी है।

श्रीमती जी ने भी घमंड वाले भाव से अँगूठी को गोल-गोल घुमाते हुए आलोक जी को ताना कसा कि 'हम्म्म, अँगूठी अच्छी है। आप पर काफी सूट कर रही है'।

बस अब दूल्हा तैयार है और घर के जेंट्स भी छत पे तैयार हो रहे हैं। घर का दामाद होने के नाते, आलोक जी को हर कोई एक ग्लास थमा के चला जा रहा है और आप यूँ कह सकते हैं कि उस रात आलोक जी ने अपनी कैपेसिटी से बहुत ज्यादा पी ली। एक तो मुझे ये सिस्टम समझ में नहीं आता कि शादी और त्योहारों में पीना क्यों जरूरी है! एक बार को दूल्हा पीये तो फिर भी बात समझ में आती है कि कम से कम वो जिंदगी भर अपनी पत्नी को ये ताना तो दे सकता है कि वो तो बेहोशी की हालत में मुझे तुम्हारे साथ फेरे दिलवा दिए गए, वरना आज मेरा फैसला कुछ और होता। पर ये बाकी मर्द, जो सूट पहनकर, बारात में पी के नाचते हैं उनके अंदर का दर्द मुझे समझ में नहीं आता।

आलोक जी की हालत भी आज कुछ वैसी ही थी। उन्होंने जो उस रोज़ पीया है, पूछिए मत। बहुत देर तक तो लोगों को ये अनुमान ही नहीं लगा कि वो खुशी के मारे झूम रहे हैं या नशे में। वो तो जब कानपुर वाली मौसी ने शिकायत लगाई कि दामाद जी बाहर मेरे पास आकर "मैं सूट में कैसा लग रहा हूँ" पूछ रहे हैं, तो समझ में आया कि दामाद साहब को चढ़ गई है।

खैर घर की बात है, घर में रह गई। ये छोटे-मोटे किस्से तो शादियों में होते ही रहते हैं, और सच पूछिए तो याद भी यही किस्से रह जाते हैं। भला सोचिए न कि, ये कोई थोड़े ही याद रखता है कि उस साल पिंटू की शादी में बैंडबाजे वालों ने कितना भाड़ा लिया था या घर से निकलते वक्त कौन सा गाना बजाया था, या फूफाजी ने 10 के कितने नोट उड़ाए थे!!

मगर आलोक जी का कोई क्या उपाय करे। इतनी यादगार बारात में जो चीज़ उन्होंने भुला दी वो बहुत महँगी थी। समझ गए न! जी, आलोक ने जनमासे पर पहुँचने के बाद अपनी सूट का कोट कहाँ रखा ये उन्हें याद ही नहीं रहा और वो बस बिना कोट के ही वहाँ से निकल लिए। पूरी रात भर के शादी में, न उन्हें होश कि अपने शरीर पर कोट खोजें और और न ही श्रीमती जी को फुर्सत कि वो उनसे कोट के बारे में पूछें।

शादी वाली रात तो खैर पंडित जी के मंत्रोच्चारण में कट गयी। सुबह जब सब लोगों ने होश सम्भाला तो आलोक जी का भी जिक्र आया। नहीं आप घबराइए मत, आलोक जी कहीं खो नहीं गए थे बस दुखी थे, परेशान थे और तनाव में थे। क्यों! अरे भाई उनका कोट नहीं मिल रहा था। ससुराल में कोट गुम जाना और वो भी भाड़े का, बड़ी समस्या। ज्यादा खोज बीन करो तो मुसीबत, कि 'ससुराल वाले कहेंगे एक कोट के लिए मरे जा रहे हैं'। सच बताओ तो और मुसीबत, कि 'घर के दामाद होकर भाड़े का कोट पहन कर आए हैं'। आलोक जी का मन शराब के नशे से ज्यादा इस चिंता से अधिक भारी हुआ जा रहा था।

ये मजाक का वक्त तो नहीं है, पर शत्रु के खेमे में ये आलोक जी की दूसरी हार का समय था।

मायके से जब बहु विदा हो कर आती है तो उसे रोता देखकर ससुराल वालों का भी मन दुखी हो जाता है, पर इस बार बहु के साथ-साथ दामाद का भी मन दुखी था। कारण दोनों के अलग-अलग थे पर दुख समान लेवल का। रास्ते में लौटते-लौटते आलोक जी ने कुछ हिसाब किताब लगाया और उन्हें समझ में आया कि कोट भुलाने के लिए जो उन्हें 20,000 रुपये दुकानदार को लौटाने हैं, उसमें अगर अँगूठी की कीमत निकाल भी दी जाए तो इस सौदे

में 5000 रुपये का नुकसान तो पक्का था। इसके विपरीत अगर बस सूती शर्ट पैंट पहनकर भी दूल्हे राजा के सामने खड़े हो जाते तो गिरी हालत में भी एक ग्राम की अँगूठी तो जरूर मिल जाती (यानी ५००० का फायदा)। मगर अब ये हिसाब आप उसे कैसे समझा सकते हैं जो है तो आपके खेमे में, मगर प्रतिनिधित्व कर रहा है आपके शत्रु के खेमे का।

यहाँ 'उसे' का मतलब समझ रहे हैं न? शत्रुदल का सेनापति, आपकी पत्नी.... सॉरी, आलोक जी की पत्नी।

# "किस से कहें"

अभी समय हो रहा है कोई 3 बजे के आसपास। लोकेशन है, दो चौराहा छोड़कर जो बायें साइड में पान की दुकान है, वो। दो चौराहे छोड़कर इसलिए, क्योंकि जब पान या गुटखा जैसी चीजें खानी हों तो घर के आसपास वाले चौराहों की दुकानों से इन्हें लेना अवॉयड करना चाहिए, इससे आपके संस्कारी होने वाली इमेज बरकरार रहती है। खैर, तो हम पान की दुकान पे थे। घर में एक छोटी टेंशन की वजह से सोचा यहाँ आकर मूड बदल जाएगा, मगर यहाँ हालात और बेचैन करने वाले हैं। 'राधे पान भंडार' के बैनर तले एक फ्लॉप आइटम गर्ल पर फिल्माए गए हिंदी फ़िल्म के एक हिट गाने का रीमिक्स वर्जन सुन रहा हूँ और सोच रहा हूँ कि अशिक्षित

कौन है!! ये पानवाला, वो सीडी बेचने वाला, वो आइटम गर्ल, या वो एक दूसरा लड़का जिसने अपनी फ़रमाईश पे ही अभी-अभी ये गीत चलवाया है।

वैसे इस वक़्त अगर कोई तीसरा व्यक्ति यहाँ घूमता फिरता चला आये तो मुझे भी अशिक्षित समझ सकता है, क्योंकि, मैं उससे पहले से यहाँ मौजूद हूँ और इस अश्लील गाने के बजने पर मैंने कोई आपत्ति नहीं जताई। मगर सच भी यही है कि, ऐसे मौकों पर अगर कोई मेरे गले में हाथ डालकर भी कुछ बुलवाना चाहे तो उन अवसरों पर मैं कभी कुछ बोल नहीं पाता हूँ, क्योंकि मेरा ये मानना है कि कुछ भी कहिये... वहाँ, जहाँ आपकी बात सुनी जाये और फिर उसपर कार्रवाई भी हो। 100 में से 98 मौकों पर तो लोगों को पता हीं नहीं होता है कि 'कहें क्या'!! और अगर तुक्के से ये पता भी चल जाए कि कहना क्या है, तो दूसरी सबसे बड़ी समस्या ये आती हैं कि "आखिर कहें भी तो किस से कहें"!!

मेरी ये कहानी, या जो भी कहिए, इस दूसरे वाले मुद्दे पर ही केंद्रित है कि "आखिर कहें भी तो किस से कहें"।

किसी को बैठा के दो लाइन समझाना भी चाहूँ तो किसे समझाऊँ। अशिक्षित भीड़ को शिक्षित बनाने की होड़ इस कदर लगी है कि कुछ लोग एम-ए करने की जल्दबाजी में बी-ए करना ही भूल गए। और फिर उन्हें पकड़ता भी कौन! संस्थान तो थान के हिसाब से डिग्रियां प्रिंट करने में व्यस्त थे और 85 प्रतिशत शिक्षक तो खुद वही, एम-ए विदाउट बी-ए वाले थे। देश की शिक्षा नीति पे सवाल उठाने की सोचा तो ध्यान आया कि इस सवाल को समझने के लिए भी एक शिक्षित आदमी या औरत की जरूरत थी, सो ये सवाल उठा ही नहीं। ये सवाल भी राधे पान भंडार की दुकान पे बजने वाले नए जमाने के गीतों की तरह एक दो महीने

तो खूब उछला फिर उसके बाद अपना दम तोड़कर वहीं 15 रुपए वाली पाइरेटेड सीडी में कैद हो गया।

मेरे परम प्रिय दोस्त के एक पिताजी हुआ करते थे, अब नहीं हैं। बहुत सीधे थे। मतलब उतने ही, जितना हर माँ को अपना बेटा लगता है। भले वो बेटा पूरे मोहल्ले का गुंडा क्यों न हो, पर माँ के लिए वो सबसे सीधा है। खैर, सुदर्शन अंकल गुंडे नहीं थे। वो सच में सीधे थे। मैं तो हमेशा से सोचता था कि इतने सीधे आदमी को ये दुनिया ऐसे ही मार देती, उनके लिए ऊपर वाले ने ये शुगर की बीमारी क्यों भेजी। पर ऊपरवाले की मर्जी के आगे किसी की कहाँ चलती है! अभी मैं अपनी कहानी से जबरदस्त भटक चुका हूँ। आप लोगों की भी आदत ऐसी है ना कि मुझे टोकते तक नहीं! चलिए वापस अपने विषय पर लौटते हैं कि मेरे प्रिय मित्र के पिताजी, सुदर्शन अंकल, जो सच में बहुत सीधे और सरल व्यक्तित्व के आदमी थे दरअसल उनसे मेरी अक्सर मुलाकात होती रहती थी। परम प्रिय दोस्त, उसका नाम था राजीव, के घर हर दूसरे दिन आना जाना होता ही था, सो इस हिसाब से हर तीसरे या चौथे दिन सुदर्शन अंकल से भी मुलाकात हो जाती थी।

सुदर्शन अंकल में जो बात मैंने नोटिस की थी, वो ये कि वो बहुत चालूपुर्ज़ा टाइप के आदमी नहीं थे। मतलब आम बोलचाल की भाषा में कहा जाए तो वे 'गौ' थे। जिसने जो कह दिया वो मान लिया, जहाँ बैठा दिया बैठ गए, जिससे मिलवा दिया मिल गए, अगर कहीं से डाँट के उठा दिया, तो उठ भी गए। सब रोते तो उन्हें भी रोना आता और मतलब ना समझते हुए भी अगर सब हँसने लगते तो वो भी हँसने लगते। गणित की किताब में जितना जोड़-घटाव उन्होंने सीखा था, उसे बस गणित तक ही सीमित रखा। बाकी जिंदगी की किताब में इस गणित का जोड़-घटाव कहीं नहीं

लगाया। अब आप ज़रा खुद ही कल्पना करके देखिए ना कि ऐसे विरला लोग आपने कितने देखे होंगे या सुने होंगे!

पिछले कुछ दिनों से जब भी राजीव के यहाँ मेरा जाना होता तो अंकल जी को ज़रा परेशान देखता। पता नहीं किस बात की टेंशन थी। जब देखो तो 4-5 फाइलें लिए पता नहीं क्या-क्या पलट-पलट के देखते रहते। जहाँ तक मेरी जानकारी थी, उन लोगों ने अभी कुछ महीने पहले एक नया प्लॉट रजिस्टर कराया था और आगे वहाँ मकान बनाने की प्लानिंग थी। पर इस प्लॉट को लिए हुए भी 4-5 महीने हो चुके थे और इस डील में भी कोई गड़बड़ी नहीं हुई थी, फिर ये पिछले एक महीने में ऐसे क्या हो गया जिसने सुदर्शन अंकल की काया ही बदल दी।

ये बात मैं राजीव से भी पूछ सकता था पर पता नहीं क्यूँ, मन हुआ सीधे सुदर्शन अंकल से ही पूछ लूँ। शाम में जब उनके घर में हम सब इकट्ठे बैठे चाय पी रहे थे, तो मैंने अचानक से ही अंकल से पूछ लिया कि "आप आजकल परेशान से दिख रहे हैं अंकल! तबियत तो ठीक है न आपकी"!

वो कहाँ कुछ बताने वाले थे!

आंटी ने आगे बताया "मैंने कहा था, अपार्टमेंट खरीद लो पर इन्हें ही जिद थी कि अपनी जमीन पे मकान बनाएंगे"।

"हाँ तो इसमें बुरा क्या है आंटी, जमीन तो आ ही गई है। अब बस मकान ही तो बनाना बाकी है, परेशानी क्या है, ये भी हो जाएगा" मैंने कहा।

"'हो जाएगा' कहने जितना आसान होता तो अब तक हो गया रहता", ये आंटी की अगली लाइन थी।

अब मैं समझ चुका था कि फोकस चेंज करने का समय आ चुका है। आंटी जिस मूड में हैं, उसमें पता चला हस्बैंड और वाइफ की लड़ाई में उल्टा मुझे कुछ सुनना पड़ जाए, सो मैं वापस सुदर्शन जी की तरफ मुखातिब हुआ।

"तीन महीने से पीआरडीए के ऑफिस के चक्कर लगा रहा हूँ, पता नहीं क्या चक्कर है, नक्शा ही पास नहीं हो रहा"! अंकल को मैंने पहली बार इतनी लंबी लाइन बोलते हुए सुना था। ये चौंकाने वाला था। पर उसके बाद जो उन्होंने बोला वो उससे ज्यादा चौंकाने वाला था।

"सतीश से इतने पुराने जान पहचान का भी क्या फायदा! उस ऑफिस में उसने जिसे कहा, मैंने उसे पैसा खिलाया फिर भी पता नहीं पेपर कहाँ अटका है। आजतक घर का नक्शा पास नहीं हुआ"। सुदर्शन अंकल जैसा आदमी अगर घूस देकर काम करवा रहा है (ये लानत है) और उसपर फिर भी काम नहीं हो रहा, ये सोचनीय है।

मुझसे उनके जैसे सीधे आदमी का दर्द देखा नहीं जा रहा था। सो मैंने भी सोच लिया कि एक-दो बार अंकल जी के साथ पीआरडीए का चक्कर मारा जाए। उन्हें शायद ऐसे समय में एक हेल्पिंग हैंड की जरूरत थी और मैं और राजीव तो आधा दिन बिना काम के ही पाए जाते थे सो इंसानियत और दोस्ती के रिश्ते के नाते मैंने सोच लिया कि अंकल जी को इस प्रॉब्लम से जल्द से जल्द निकाला जाए।

'सतीश', जिसका जिक्र अंकल ने किया वो सुदर्शन अंकल के एक बहुत पुराने कॉलेज वाले दोस्त का कम पढ़ा लिखा बेटा था जिसकी पीआरडीए में अनुकंपा के आधार पर छोटी सी नौकरी लगी हुई थी। आप सतीश को वहाँ एक एजेंट की तरह समझ सकते हैं जो छोटे-मोटे जुगाड़ू काम करता था। अब जब सुदर्शन अंकल का

पीआरडीए का काम आया तो सतीश का नाम तुरंत से ध्यान में आ गया। तो बस फिर क्या था, सतीश ने भी ना नहीं कहा और उसके ही हाथों से सुदर्शन जी के घर के नक्शे वाली फाइल हर छोटे और बड़े साहब के टेबल तक पहुँचती। हाँ, पर उस पीआरडीए दफ्तर का प्रताप ऐसा, कि कहीं भी फाइल अकेली नहीं गई। फाइल के साथ कुछ न कुछ चढ़ावा जरूर जाता। चलो, खैर इसमें भी कोई आपत्ति नहीं, पर काम तो हो! हर 15-20 दिन पे सतीश एक नई समस्या बता देता। कभी नक्शे में कोई पेंच निकल आता, कभी सिस्टम में।

मैंने भी अंकल के साथ एक हफ्ते तक पीआरडीए ऑफिस का पूरा चक्कर लगाया पर कहीं प्रोग्रेस नहीं दिखी। अंकल की उम्र और उनका पीआरडीए की तीन मंजिलें बिल्डिंग में सतीश के साथ कभी नीचे तो कभी ऊपर सीढ़ियों से चढ़ना उतरना मुझसे बिल्कुल नहीं देखा जाता।

उन सात दिनों में और कुछ भले न हुआ हो, पर मुझे इतना जरूर याद हो गया कि इस माले पे किसके ऑफिस में जाना है, कितने बजे जाना है और अमूमन कितनी बार जाना है। मैंने अंकल को एक दो हफ्ते आराम करने के लिए कहा और तय किया कि मैं और राजीव ही अब कुछ दिनों तक इस पीआरडीए के चक्कर लगाएंगे। सतीश से हमारी जान पहचान हो ही गई थी और अंकल के शरीर ने भी अब जवाब देना शुरू कर दिया था। सो अब यही तय हुआ कि मैं और राजीव हर रोज़ जाके कम से कम 2 घंटे पीआरडीए के ऑफिस में बैठेंगे और पेपर आगे बढवाते रहेंगे।

सच पूछिए तो ये काम हमारे लिए मनोरंजन वाला था। हम दोनों रोज़ पीआरडीए पहुँच जाते, एक-दो राउंड दफ्तर का मारते, फिर वहीं की कैंटीन में सतीश के साथ समोसा खाते। कुछ दिन तक तो सब ठीक चला पर एक महीने बाद हमारी भी हालत अंकल

जैसी होने लगी। मतलब अब हम में और उनमें केवल उम्र और शुगर का फर्क था, बाकी अब हम भी उनकी तरह परेशान, दुखी या चिंतित जो समझ लीजिए, सब थे। मुझे और राजीव को अब इससे निकलना था और अंकल को भी निकालना था। हम बस परेशान थे तो इस बात पर कि आखिर इतने पैसे देकर भी हमारा पेपर आगे क्यों नहीं बढ़ता!

फिर एक दिन कुछ ऐसा हुआ जो शायद पहले भी कई बार हुआ था, पर हमलोगों ने शायद उसे कभी नोटिस नहीं किया। पीआरडीए की कैंटीन में मैंने, राजीव और सतीश ने समोसे ऑर्डर किए हुए थे। नक्शे के पेपर को लेकर ही बातें चल रही थीं कि सतीश ने 3-4 लाइन बोली, "भैया, ये जो ऑफिस के काम होते हैं न ऐसे ही टेढ़े होते हैं। किसी एक या दो को खिलाना हो तो फिर भी समझ में आए। यहाँ तो हर किसी को पैसे खिलाओ तो काम आगे बढ़ता है। और ऊपर से इन अफसरों के मुँह तो ऐसे खुले हुए हैं कि कई बार आप जैसों का काम आगे बढ़ाने के लिए हम लोगों को भी अपने पॉकेट से लगा देना पड़ जाता है। पर अब आप तो समझ रहे हैं न कि हम जैसों का ये जो 100-50 अपने पॉकेट से लगता है वो कोई कहने की बात है क्या! और चलिए मान लिया अगर कहना भी पड़े तो आखिर कहें भी तो किससे कहें! सो हम तो बस ये सोचते हैं कि लोगों का काम हो जाए, बस"।

ये 3-4 लाइन जो सतीश ने आज बोली, वो दरअसल हमसे हर 2 दिन पर बोलता था पर उसे हमने, समझा आज। जिस बेचारे के हाथों से हम पूरे पीआरडीए में प्रसाद बँटवा रहे थे, उसकी अपनी भी तो कुछ आकांक्षाएं होंगी! वो तो बेचारा सुदर्शन अंकल और उसके पिताजी के रेस्पेक्ट में मारा फिर रहा था, वरना एक एजेंट की भी अपनी कुछ महत्वाकांक्षाएं होंगी। अब सुदर्शन अंकल ठहरे सीधे। उन्हें ये हिसाब समझ में आया नहीं और सतीश बेचारा

रहा पितृ भक्त सो उसने सुदर्शन अंकल के सामने कभी पैसे की खुलकर बात की नहीं। इन सबका जो परिणाम हुआ वो तो आपके सामने है ही, खैर।

उस रोज़ तो हम चुपचाप वहाँ से निकल आए और उधर तो वो बेचारा सतीश भी रोज़ की तरह डिमोटिवेट और निराश होकर वापस अपने घर लौट गया। पर इस बार हम सतीश के उस इनडायरेक्ट मैसेज; या रिक्वेस्ट जो कहिए, को अपने साथ लेकर वहाँ से आए थे। अब अंकल की जो उम्र थी और जो जिंदगी देखने का उनका तरीका, उसमें हमने ये बात उन्हें बतानी ठीक नहीं समझी पर हाँ आंटी से जरूर 5000 रुपए माँग लिए।

अगले दिन जब हम रोज़ की तरह पीआरडीए ऑफिस पहुँचे तो फिर सतीश कैंटीन के बाहर हमारा इंतजार कर रहा था। पहले हमने सतीश की वो रोज़ घुमानेवाली कहानी सुनी और फिर उसी टेबल पर से समोसा का ऑर्डर देने के लिए बैठ गए। शुरू में तो हमें संकोच हुआ पर फिर भी मैंने किसी तरह हिम्मत करके बातें इधर-उधर घुमाई और सतीश के हथेलियों को खोलकर उसे जबरन 5000 पकड़ा दिए। वो शुरू में तो चौंका, कि आज तो हमें किसी ऑफिसर को पैसे नहीं देने हैं, फिर शर्माते हुए कहा "अरे भैया, ये सब क्यूँ दे रहे हो। अब आपका काम होने ही वाला है। कल मेरी बात हुई है, बड़े साहब से; कह रहे थे कि सुदर्शन अंकल का पेपर मंगलवार के पहले निकलवा देंगे"।

हमने सतीश को इस बात का एहसास नहीं होने दिया कि हमें ये एहसास हो चुका था कि हमने इस ऑफिस के सबसे जरूरी टेबल पर तो अब तक प्रसाद चढ़ाया ही नहीं था। वैसे जो कहिए, सतीश आदमी था मजेदार। उसने भले शरमा के रखे, पर पैसे अपने पास रख जरूर लिए।

उस रोज़ तो हमने सतीश के लिए समोसा के साथ-साथ कोल्ड ड्रिंक भी ऑर्डर करवाई थी। जब हम वहाँ से निकले तो पहली बार सतीश का मोटिवेशन लेवल थोड़ा अप था और चेहरे पर 5000 रुपए की स्माइल। जब हम लौट रहे थे तो राजीव कुछ परेशान था। उसकी चिंता ये थी कि यार सतीश ने तो कहा कि "हमारा काम ऐसे भी होने वाला था। बड़े साहब तो मंगलवार के पहले पेपर ऐसे ही निकालने वाले थे। लगता है हमने बेकार में ही 5000 रुपये उड़ा दिए"।

मैंने राजीव की चिंता सुनी और मन ही मन में हँसते हुए सोचा कि ये पक्का सुदर्शन अंकल का ही बेटा है।

वैसे इस कहानी से थोड़ा साइड करके एक बात बताऊँ, मैं अपनी पर्सनल जिंदगी में सतीश जैसे लोगों को खूब मन लगाकर सुनता हूँ और कभी-कभी उनसे खुलकर पूछ भी लिया करता हूँ कि कहीं वो मुझे कुछ कहना तो नहीं चाहते! क्या पता, वो मेरे सामने, मेरा ही नाम लेकर मुझसे कुछ माँगने में संकोच कर रहे हों!!

एक मिनट, आपने क्या पूछा, कि पान की दुकान में क्या चल रहा है!! पता नहीं। उधर मेरी कहानी खत्म हुई और इधर मेरा मूड चेंज हुआ। मैं तो वहाँ से निकल भी चुका हूँ। हाँ, निकलते वक्त वो जो लड़का आया था न शुरू-शुरू में, जिसने वो रीमिक्स वाले गाने की फरमाईश की थी, हाँ वही, उसे मैंने ये कहानी सुनाई और सोचा कि वो मेरा इशारा समझ जाएगा और अगले गाने की फरमाईश नहीं करेगा। पर ऐसा हुआ नहीं। वो तो अभी वहीं है। बल्कि वो तो उस गाने की पाइरेटेड सीडी के लिए पानवाले से मोलभाव में लगा हुआ है।

# "टीवी वाली रामायण"

मेरी इस कहानी के सभी पात्र, घटनाएँ, नाम और विचार, काल्पनिक हैं, जैसा कि अधिकतर कहानियों में होते हैं। मेरी कहानी की रामायण भी शायद वो नहीं है जो मैंने सुन रखी है, या जो आप सोच रहे हैं; पक्का वो नहीं है।

लोगों की बात करें तो, अपने देश में हर किसी ने एक न एक बार टीवी पर रामायण जरूर देखी है। रामायण की कहानी और इसके किरदार हम सबके माइंड में ऐसे फिट हो गए हैं कि अगर सपने में भी राम जी के दर्शन हों तो वो टीवी सीरियल वाले कैरेक्टर का ही चेहरा नजर आता है। वो कलाकार हमारे दिमाग में इतने घुस गए हैं कि मुझे कभी-कभी लगता है कि अगर असल में कभी श्री राम जी ने हमें दर्शन दे दिए तो हम तो उन्हें पहचानने से भी इन्कार कर देंगे कि "नहीं सर, ऐसा है, हमने जो आपकी छवि देखी

है, उसमें आप फिट नहीं आते हैं इसलिए एक बार में आपके होने पर हमें संशय हो रहा है। आपको भरोसा नहीं तो हम आपको फोटो भी दिखा सकते हैं कि हम लोग वाले राम कैसे दिखते हैं। ये श्रद्धा की नहीं, पॉपुलैरिटी की पराकाष्ठा है।

एक टीवी सीरियल में जिसने हनुमान जी का कैरेक्टर प्ले किया था, उसे आप अगर आज भी सामने देख लें तो अचानक ही आपके दोनों हाथ जुड़ जाएंगे। रावण का किरदार निभाने वाले कई किरदारों की तो 10-12 साल तक शादी नहीं ठीक हो रही थी। और सीता जी का कैरेक्टर निभाने वाली एक अभिनेत्री ने तो खुद कई साल तक फिल्मों में कोई दूसरा रोल प्ले नहीं किया, क्योंकि उसमें हीरो के साथ गाना गाते वक्त उन्हें अपराधबोध महसूस होता था। पर मैं बार-बार कह रहा हूँ, ये श्रद्धा की नहीं पॉपुलैरिटी की पराकाष्ठा है। कुछ किरदार ऐसे निभा दिए जाते हैं कि वो एक कलाकार को अमर कर दें। रामायण जैसे सीरियल से भी ऐसे कई किरदार और कलाकार पॉपुलर हुए। और पॉपुलर भी ऐसे कि रामायण तो एक बार आई और चली गई पर इनका ब्रैंड बहुत दिनों तक चला। रामजी वाले एक्टर को नेता लोग चुनाव प्रचार के लिए अपने साथ ले जाने लगे, सीताजी का किरदार अगरबत्ती और साड़ी के प्रचार में फिट आने लगा और हनुमान जी के कैरेक्टर को सीमेंट और सरिया के विज्ञापन में उतारा जाने लगा। ये अलग-अलग कम्पनी वाले भी न, लोगों की श्रद्धा और उनके भोलेपन का बहुत फायदा उठाते हैं।

भले चाहे चुनाव में उस एरिया का सबसे बड़ा गुंडा खड़ा हो पर अगर रामजी स्वयं आकर आपसे कसम ले लें कि आप वोट इन्हे ही दीजिए तो एक बार तो आप पोलिंग बूथ में बटन दबाते वक्त धर्मसंकट में जरूर आ जाएंगे। जिस माँ सीता की आप सुबह-शाम

घर में आरती करते हैं वो खुद टीवी पर आकर बोल रही हैं कि आप इस ब्रैंड की अगरबत्ती से ही मेरी आरती करें, तो फिर शक की गुंजाइश कहाँ रह जाती है। ये सब संदेश तो हमें ऊपर से आते हैं। च्यवनप्राश वाले अगर इतना प्रचार कर दें कि हम इन्हें बनाने में जिन जड़ी बूटियों का उपयोग करते हैं वे उन्हीं पहाड़ियों से तोड़ी जाती हैं जहाँ से संजीवनी बूटी लाई गई थी, तो किसका मन नहीं करेगा कि एक फैमिली पैक तो घर में मँगाकर रख ही लेना चाहिए, क्या पता कब मूर्छा आ जाए और ऐन टाइम पे डॉक्टर का नंबर न मिले।

पर मेरी चिन्ता इन भ्रमित करने वाले प्रचारों को लेकर नहीं है और न ही भगवान में ट्रांसफॉर्म हुए इन ऐक्टर्स को लेकर, बल्कि मेरी चिंता तो कुछ ऐसे तथ्यों को लेकर है जिन्हें हमें एक ऐसी रचनावली का बेस बताया गया है, जिसपे प्रश्न उठाना न जाने कितने कट्टर भक्तों की भावनाओं को ठेस पहुँचाने जैसा होगा। ये वो तथ्य हैं जिसपे तो हमारी पूरी धर्म और आस्था टिकी हुई है। वैसे तथ्यों को झुठलाने की ताकत मुझमें तो नहीं। पर जब अपनी लेटेस्ट जेनरेशन इन सीरियल को देखकर कुछ सवालों के जवाब माँगती है तो कभी-कभी एक बाप, एक टीचर और एक इंजिनियर होने के नाते मैं भी सच में कंफ्यूज हो जाता हूँ और मेरी आस्था का सोफा सेट डगमगाने लगता है। मैं हमेशा से कहता हूँ कि हमारे देश में कम से कम 10 प्रतिशत आबादी जरूर बुद्धिजीवी है, पर उन 90 प्रतिशत का क्या करें जो आँख बंद कर के हर बात का आधे घण्टे में विश्वास और हर बताए गए नियमों का अगले दिन से ही पालन शुरु कर देते हैं। मैं मानता हूँ की 135 करोड़ की आबादी वाले देश में 10 प्रतिशत आबादी; यानि केवल 13.5 करोड़ बुद्धिजीवी के लॉजिकल प्रश्नों का उत्तर देने के लिए 121.5 करोड़ अंधभक्तों के श्रद्धा से खेला जाना बिल्कुल गलत और इल्लॉजिकल

है पर मैं क्या करूँ, मेरा दुख उन 13.5 करोड़ जनता पे ही आ के अटक जाता है।

आप ये अनुमान लगाना शुरू मत कर दीजिएगा कि मैं कोई नास्तिक हूँ। बिलकुल नहीं। अगर आपके मन में संशय है, कोई प्रश्न है और उसे पूछना सामने वाले को विरोध जैसा दिखे तो फिर स्कूल जाने वाला हर बच्चा जो क्लास में हाथ उठाकर सवाल पूछता है वो विरोधी है, और सवाल अगर धर्म को लेकर है तो नास्तिक। मेरा बच्चा जब अपनी क्लास में 8 ग्रहों के बारे में पढ़ कर आता है और स्पेस का मॉडल बनाता है तो मैं उसे कैसे समझाऊँ कि तुम्हारा ये मॉडल तब तक इन्कम्प्लीट है, जब तक तुम पृथ्वी के नीचे शेषनाग का फोटो नहीं बनाते। मैं उसे कभी समझाऊँगा भी नहीं, क्योंकि जब वो इसके आगे मुझसे पूछेगा कि फिर क्या शेषनाग भी पृथ्वी के साथ सूर्य के चक्कर लगाते हैं तो मैं और ज्यादा कन्फ्यूज़ हो जाऊँगा और अपने पहले तर्क को सही सिद्ध करने के लिए उसे दो चार और गलत तर्क देना शुरू कर दूँगा।

जब टीवी पे चल रही रामायण में वो चन्द्रदेव को चन्द्रमा पे देख कर उठेगा और रात में जनरल नॉलेज की किताब उठाकर मैं उसे पढ़ा रहा होऊँगा कि चाँद पर पहला कदम नील आर्मस्ट्रांग ने रखा था तो उस बेचारे के बाल खड़े हो जाएंगे। ये भी हो सकता है कि वो मुझसे पूछ ले कि "पापा, क्या नील आर्मस्ट्रांग ने चंद्रदेव को चाँद पे देखा होगा या उस वक्त वह पृथ्वी लोक की यात्रा पर निकल चुके होंगे!!

एक दिन वो मुझसे पूछने लगा कि पापा ये जो रामायण के शादी वाले सीन में सारे देवता जो आकाश से पृथ्वी पे पुष्पवर्षा करते हैं तो वो फूल सारी पृथ्वी पर गिरे थे या केवल भारत के नक्शे के अंदर। वैसे अगर कितना भी एम बना कर फूलों की वर्षा

की जाए पर मिथिला जिस लोकेशन में पड़ता है, वैसे में दो तीन फूल तो चाइना के बॉर्डर तक जरूर पहुँच गए होंगे।

अब मैं भी क्या करूँ!! ये टेलीविजन वाले इन ग्रंथों और कहानियों का यूँ चित्रण करते हैं मानो सब कुछ हूबहू वैसा ही हुआ होगा। और सच कहूँ तो यही मेरी चिंता का सबसे बड़ा विषय है।

ये धर्म ग्रंथ लिखने वालों और उनको कहानी बनाकर टीवी पर दिखाने वालों को बड़ा जिम्मेदार होने की आवश्यकता है। उन्हें पता नहीं कि, धर्म और बड़े-बड़े कलाकारों के नाम पे लोग हर दिखाई और सुनाई हुई चीज पे तुरंत भरोसा कर लेते हैं और अगर एक बार उनके दिमाग में ये 'आस्था' और 'विश्वास' वाला वायरस घुस गया, फिर तो ये लोग धर्म के नाम पर जो हाहाकार मचाएंगे वो कल्पना के वैसे ही परे है; जैसे ये विश्वास करना कि मात्र प्रभु का नाम लिखने से पत्थर पानी में तैरने लगा।

कायदे से इसका उल्टा होना चाहिए था। इतने भारी भरकम नाम के प्रभाव से पत्थर को और भारी हो जाना चाहिए। और अगर इस तथ्य के सत्य होने की 1 प्रतिशत भी संभावना है तो मैं हर उस प्रभु भक्त से निवेदन करता हूँ कि जब भी हमारे देश के गाँवों में बाढ़ आ जाए तो वहाँ जाकर पत्थरों पे प्रभु का नाम लिखकर पत्थर फेंकना शुरू कर दें। कम से कम उन तैरते पत्थरों पे तैरकर एक गरीब का परिवार डूबने से तो बच जाएगा।

वैसे मैं बार-बार कह रहा हूँ कि आप मुझे नास्तिक न समझें, पर आप मुझे प्रैक्टिकल जरूर कह सकते हैं। देखिए ऐसा है न कि, प्रैक्टिकल और नास्तिक आदमी में एक हल्की लाइन भर का डिफरेंस हैं। अगर कोई आदमी बस धर्म को ना छेड़े और बाकी दुनिया की हर समस्या का समाधान बता दे तो वो प्रैक्टिकल है,

पर अगर वही आदमी इन सब पुण्यों के बाद भी अगर एक रत्ती धर्म के मुद्दे में अपनी टाँग अड़ा दे या एक लाइन भर का क्वेश्चन भी पूछ डाले तो वो रातों-रात नास्तिक कहला जाएगा।

जिस एपिसोड में कैकई ने दशरथजी से अपनी जीती हुई शर्त के बदले राम का वनवास माँगा उस रात हमारे घर में खाना नहीं बना था। ये हमारे दुख और चिंता की पराकाष्ठा थी। जब मैंने ये एपिसोड बचपन में देखा था तो मैं भी सबको देखकर थोड़ा भावुक हो गया था पर आज जब दुबारा उस एपिसोड को देखता हूँ तो मुझे दशरथजी का रोल निभाने वाला कलाकार थोड़ा अजीब लगता है। अरे भाई, ये तो बस उनके और उनकी पत्नी के बीच की बात थी, अगर वो शर्त को मानने से इन्कार भी कर देते तो कौन सा महायुद्ध छिड़ जाता या आकाश से वज्रपात हो जाता। बस अपने वचन का मान बचाने के लिए उन्होंने अपने प्राण से प्यारे निर्दोष बेटे और दूसरे घर से आई हुई नई दुल्हन को बीच जंगल में भेजने का फैसला सुना दिया। और मैं तो ये भी कहता हूँ कि अगर आप अपने वचन का इतना मान रखते हैं तो अपनी लाइफ का रिस्क लीजिए न भाई। आपको कोई हक नहीं कि आप अपने वचन को पूरा करने के लिए दूसरों की निजी जिंदगी में दखल डालें। अब ज़रा सोचकर देखिए कहीं कैकई ने पूरी दुनिया को नष्ट करने की कसम माँग ली होती तो आज न हम होते, ना रामायण, न मेरी ये किताब और न आप जैसे भोले पाठक। भला ऐसा होता हैं कहीं!!

बहुत लोग ये तर्क देते हुए बगल से गुजर जाते हैं कि ये सब प्लान ऊपर से ईश्वर ने पहले से ही फिट किया था। 14 वर्ष के इस वनवास में राम जी ने कई बड़े प्रयोजन किए। रावण की मृत्यु भी इसी साजिश का हिस्सा थी। मैं तो कहता हूँ कि आपकी सब बात मान ली पर उस प्रयोजन को सिद्ध करने के लिए आपने ये जो

वचन और प्रतिष्ठा बचाने वाला रास्ता अपनाया, उसने सोसायटी पे क्या मैसेज छोड़ा, ज़रा सोचिए। कल होके मेरी पत्नी से मैं एक वचन हार जाऊँ और उसके बदले वो मेरे बेटे के लिए 10 साल का वनवास माँग ले तो आप क्या सजेस्ट करते हैं! मुझे क्या करना चाहिए! अगर एपिसोड को मानूँ और पुरुष के वचन धर्म का पालन करूँ तो बेटे को भेज दूँ चंबल के बीहड़ में। मेरा बस चले तो तलाक न दे दूँ अपनी पत्नी को उसी समय।

रावण को महाज्ञानी बताया गया है। मगर ईश्वर से मुक्ति पाने का जो मार्ग उसने अपनाया वो सही सिद्ध कर पायेंगे, क्या आप!! पब्लिक को बस ये दिखाने के लिए कि बड़े-बड़े विद्वान का ज्ञान, मात्र अहंकार के कारण, क्षण भर में नष्ट हो जाता है, सीता जी को आपने कितना कष्ट दे दिया। और ऊपर से इतने दिनों तक एक पराये पुरुष के घर में रहने के कारण जो उनपे पूरी प्रजा ने शक किया वो अलग। क्लाइमैक्स एपिसोड में सीता जी जब इन सारे आरोपों और प्रत्यारोपों से त्रस्त आकर आखिरकार रघुकुल की जमीन पे खड़ी होकर ये कहती हैं कि "भगवान श्री राम के सिवा मैं किसी और पुरुष को नहीं जानती। अगर ये सत्य हो तो भगवती पृथ्वी देवी इसी क्षण मुझे अपने गोद में स्थान दें" और पृथ्वी देवी का सीना दुःख से फट पड़ता है तो उस वक्त टीवी पे ये एपिसोड देखते वक्त न जानें और कितनी माँओं के सीने दुख से फट गए होंगे। इस मर्यादा वाले समाज में अगर उन्हें भी अपनी बहू बेटियों को सीता जैसा बनाया जाए तो हर दूसरे दिन ये बेटियाँ धरती में समाहित मिलेंगी।

अब मुखातिब होते हैं उसकी तरफ जिसका दुख इस महागाथा में एक दो एपिसोड के बाद पूरी तरह से इग्नोर कर दिया जाता है। जी हाँ, मैं बात कर रहा हूँ उर्मिला की। सीताजी ने राम जी के साथ

जाने का निर्णय लिया, वो उनके पति थे। लक्ष्मण ने भातृ प्रेम की पराकाष्ठा दिखा दी और वो भी उनके साथ वनवास के लिए चल पड़े पर इस पूरे प्रेम और समर्पण से भरे एपिसोड में उर्मिला की क्या गलती थी! अगर मैं इस एपिसोड को देखकर लक्ष्मण जी से प्रेरणा लूँ और कल को मेरा बड़ा भाई अपनी पत्नी के साथ दुबई चला जाए और मैं अपनी वाइफ को छोड़कर उसके पीछे-पीछे दुबई हो लूँ और वो भी पूरे 14 साल के लिए तो क्या मेरी पत्नी मुझे तलाक नहीं दे देगी!! ये अलग बात है कि इस समाज में मुझे फिर भी हीरो ही माना जाएगा। मेरे भाई के लिए मेरी पत्नी के त्याग को सालों साल तक भातृ प्रेम की मिसाल कहा जाएगा। पर तलाक के लिए कचहरी गई मेरी बीवी को ये कहकर ताना दिया जाएगा कि इस लड़की के लक्षण तो शुरू से ही सही नहीं लग रहे थे। एक तो आते ही पति को खुद से दूर कर दिया और सुना हैं अब उसे तलाक भी देने जा रही है।

मर्यादित समाज में मर्यादित पुरुषों के बीच फँसी इन दोनों औरतों जैसा और किसी औरत का भाग्य न हो। और अगर ऐसा हो भी तो टीवी सीरियल वालों से अनुरोध है कि कुछ तथ्यों को कभी-कभी तोड़ मरोड़कर दिखा देना ही ज्यादा सही है। क्योंकि एपिसोड के कुछ तथ्य और कुछ लोगों के संकल्पों और वचनों को अगर आज के पुरुष लाइन टू लाइन निभाने में लग जाएँ तो ना जाने कितनी सीता और उर्मिला की रोज इस धरती पर अग्नि परीक्षा होने लगे।

याद तो होगा ही कि, प्राण जाए पर वचन न जाए। यानी टीवी में दिखाए और बताये गए रीति रिवाज को मानें तो भले तुम्हारे प्राण ही क्यों ना चले जाएँ पर एक बार किया हुआ वचन कभी भी खाली नहीं जाने पाए। काश मेरे गुरुओं ने मुझे अच्छी शिक्षा

न दी होती तो मैं इस श्लोक का अर्थ उल्टा पुल्टा करते ही समझ लेता और आजीवन अपना काम चला लेता, पर कम से कम धर्म और टीवी पर दिखाए गए एपिसोड के लिए मेरी श्रद्धा तो नहीं डगमगाती। मुझसे अच्छे तो वे कुछ गंवार लोग हैं जो इस अर्थ का अनर्थ ऐसे समझते हैं कि आइडियल रीति तो असल में यूँ हो कि "भाड़ में जाए वो एक वचन जो 14 साल का वनवास दे दे। और खबरदार जो किसी ने उस एक वचन को याद दिलाने की कोशिश भी की तो, मैं उससे कट्टी कर लूँगा।

मेरे प्रवचन का वक्त खत्म होता है। मगर ज़रा ठंडे दिमाग से मुझे बताइए कि एक ऐसे देश की आबादी में, जहाँ लगभग 100 करोड़ जनता अंधभक्त और अनपढ़ हो उन्हें टीवी सीरियल और ईश्वर के नाम पे ऐसी चीजें दिखाई जाएँ जिनके सच या संभव होने पर, भले थोड़ा सा भी, विवाद या संदेह हो तो देश और उनके लोग और उनकी आनेवाली पीढ़ी इनसे दिग्भ्रमित होकर न जाने कौन से युग में वापस लौट जाएं। हाँ, शायद वही युग, जहाँ अपने आदर्शों में अटक कर सिर्फ एक वचन निभाने के लिए न जाने और कितने ससुर अपनी बहू को घर से निकालने के लिए या फिर बस 4-5 उँगलियाँ उठने पर न जाने कितने पति अपनी पत्नी को धरती में समाहित होने के लिए मजबूर करेंगे!

संभल के भक्ति कीजिएगा और टीवी में अगली बार रामायण देखते वक्त अगर उसके सारे अध्याय में से एक आध छूट भी जाए तो उन्हें दुबारा रिवाइंड करके देखने की कोई खास जरूरत नहीं है। भक्त बनिए, अंधभक्त नहीं!! वरना वहीं होगा कि मरने वाले की अर्थी को कंधा देकर सब कहते तो जाते हैं कि "राम नाम सत्य है" पर 90 प्रतिशत को ये नहीं पता होता कि इस सिचुएशन में वो ये क्यों कह रहे हैं कि "राम नाम सत्य है"!! कोई मर गया है और

उसे जलाने ले जा रहे हैं तो राम नाम क्यों सत्य है! हाँ-हाँ पता है, कि बाकी सब जीवन और मरण मोह माया है, बस ईश्वर सत्य हैं। पर कोई जन्म लेता है तब तो हॉस्पिटल में नहीं कहते हो न कि राम नाम सत्य है! तो फिर मरने वाले के ऊपर इतना प्रेशर क्यूँ!! और चलिए मान लिया कि अगर कोई चीज़ सत्य है ही तो "ब्रह्मा नाम सत्य" क्यों नहीं है, "विष्णु नाम सत्य" क्यों नहीं है, "सीता नाम सत्य" क्यों नहीं हैं!!! सोचिएगा।

# "टीकाकरण"

(कोरोना काल से प्रेरित)

टीकाकरण की ये पूरी प्रक्रिया एक ऐसा षडयंत्र है जिसके शिकार हम बचपन से होते आ रहे हैं। जहाँ तक आपकी याददास्त जाती है, आप याद कीजिए की आपने अपने जीवन का पहला, दूसरा या तीसरा टीका कब लगवाया होगा!

मुझे तो एक बार का अच्छे से याद है कि टीका लगने वाले दिन मुझे बड़ा तैयार कराकर और अच्छे कपड़े पहनाकर घर से ये

बोलकर ले जाया गया था कि बाजार घुमाने ले जा रहे हैं। ये बात तब की है, जब बच्चे बस एक लॉलीपॉप के लालच में किडनैप हो जाया करते थे, ये तो खैर बाजार तक ले जाने की घूस थी। हम भी हो गए तैयार। माँ ने अच्छी शर्ट पहना दी, हमने अपने पसंद से रंगीन वाला चश्मा पहन लिया। अपनी यदास्त तब उतनी अच्छी नहीं थी पर हम इतने भुलक्कड़ भी नहीं थे कि अपने घर से बाजार का रास्ता भूल जाएं। बाजार से 5 मिनट पहले वाले हॉस्पिटल मोड़ से जब रिक्शा घुमा तो हमारा नैटवर्क स्ट्रांग हो गया। फिर भी मन आशावादी था कि शायद आज दूसरे रास्ते से बाजार जाया जा रहा होगा। ये भ्रम भी 5 मिनट होते-होते टूट गया। हॉस्पिटल के ठीक सामने रिक्शा रुकवा दिया गया। यहाँ से अपना पल्स रेट बढ़ाना शुरू हो गया। और जब माँ ने ये कहकर रिक्शा से उतारा की "अंदर चलो, बस दो मिनट डॉक्टर से मिलकर चलते हैं" तो सच मानिए माँ के ऊपर से दूसरी बार भरोसा उठ गया; पहली बार तब उठा था जब उन्होंने ऐसे ही सिनेमा दिखाने के नाम पे 5 साल की उम्र में एक प्राइवेट नर्सिंग होम में टीका लगवा दिया था। मगर अब तो बहुत देर हो चुकी थी। न तो उस उम्र में इतनी ताकत थी कि माँ-पापा का हाथ छुड़ाकर उस हॉस्पिटल से भाग जाऊँ, और न ही इतना दिमाग कि भाग कर जाऊँगा भी तो कहाँ! सो अपने बचाव में अपने हाथ और लात बहुत मारे पर सरकारी हॉस्पिटल वाले कहाँ मेरी एक सुनते! बस जोर से पकड़ा और लगा दिया इंजेक्शन।

तो बस क्या है, मैंने अपने बचपन की इस और इस जैसे दो चार और अनुभवों को जोड़कर ये निष्कर्ष निकाल लिया कि कोई भी टीकाकरण बिना षड्यंत्र के कभी सफल नहीं हो सकता। ये पूरी प्रक्रिया दो-चार लोगों की मिली जुली और सोची समझी साजिश का हिस्सा है, या होती है, ऐसा मुझे लगता है।

अगर आप अपने बचपन के उस वैक्सीनेशन बुकलेट को पलट कर देखते हैं, जहाँ आपके टीकाकरण की तारीख काले अक्षरों से लिखी या तय की गई थी तो आपको याद आता होगा की ये लास्ट वाला टीका 10 साल की उम्र के आसपास लगता है। फिर अगर ईश्वर की कृपा बनी रही तो आजीवन आपको और टीका लेने की जरूरत नहीं पड़ने वाली। मगर ईश्वर ऐसी कृपा जल्दी नहीं करते। कम से कम इस कोरोना काल में तो बिल्कुल ही नहीं।

आप ये कहानी चाहे जिस साल भी पढ़ रहे हों, आपको बता दूँ कि ये लिखी गई है मई 2021 में। इतिहास के पन्नों को पलटकर देखिएगा, ये वो समय था जब पूरा विश्व 'कोरोना' नामक एक ऐसी बीमारी से लड़ रहा था जिसका इलाज 2 साल तक नहीं निकल सका। हाँ, पर लोगों का मोटिवेशन लेवल डाउन ना हो, इसलिए कुछ-कुछ देशों ने अपनी-अपनी औकात के हिसाब से एक दो वैक्सीन ईजात कर लिए थे। ये वैक्सीन डेटॉल साबुन की तरह थे, जिसमें लिखा होता है न "इट किल्स 99.9 परसेंट जर्म्स"। यानि आप टीका लगवा कर बच गये तो आप 99.9 वाले में हैं, और अगर निकल लिए तो आप अभागे 0.1 वालों में हैं। आप तक जब तक ये कहानी पहुँचेगी हो सकता है तब तक कोरोना का कोई पुख्ता इलाज निकल गया होगा या ऐसा भी हो सकता है कि कोई ये बता दे कि कोरोना को जितना भाव दिया गया या जैसी इसकी मार्केटिंग की गयी ये उस लायक था ही नहीं।

खैर मैं वापस मई 2021 में आ जाता। माहौल ये है कि, पूरा विश्व कोरोना लहर से त्रस्त है। रिश्तों में दूरियाँ ऐसे ही कम नहीं थीं, रही-सही कसर सरकार ने दो गज की दूरी रखने को कहकर, और बढ़ा दी। ऐसा युग चल रहा है कि चाहे वो इंसान अच्छा हो या बुरा, सब मुँह छिपाएं फिर रहे हैं (यानि कि मास्क लगा कर)।

सैनिटाइजर ने हाथों को इतना गीला कर दिया है कि विकास और उन्नति के सारे अवसर हाथों से फिसलते नजर आ रहे हैं। दवाइयों को गुटखा और पान मसालों की तरह फाँका जा रहा है। कोरोना का टेस्ट रिपोर्ट अगर निगेटिव आ जाए तो लोग उस सर्टिफिकेट को फ्रेम करके रख रहे हैं। जो लोग हतोत्साहित हैं उन्हें मोटिवेट करने जाओ तो डर बना रहता है कि कहीं मुँह से बी-पॉजिटिव न निकल जाए।

चुनाव और महाकुंभ जबसे गुजरे हैं, पूरे देश की मानसिकता और सोच तीन भागों में बँट गयी है। एक वर्ग वो है, जो ये सोचता है कि हर वो काम जो सरकार के एजेंडे का हिस्सा है, अगर उसे करने के पवित्र उद्देश्य से भीड़ इकट्ठा की जाए तो उसे कोरोना का पाप नहीं लगता। ये वर्ग बहुत सीमित है, मगर उच्च पदों पर है, तो इससे बगावत करना या इसे नकारना इस माहौल में सही नहीं। क्योंकि घर में कोरेंटाइन हो जाना चाहे कितना भी कष्टकारी हो, जेल में सड़ने से लाख गुना अच्छा है।

दूसरा वर्ग बहुत विशाल है। हाँ, ये गरीब वर्ग है। इसकी आमदनी सीमित है, इच्छाएँ सीमित हैं और आवाज सीमित है। ये अपने-अपने स्तर पे कोरोना काल में बनाए गए नियमों का निरंतर विरोध करते रहते हैं फिर लाठियों से पिटायी खाते हैं, मुर्गा बनते हैं और चुपचाप अपने घर वापस लौट जाते हैं। हाँ पर इनकी जरूरतें ही ऐसी हैं कि कल ये लोग फिर निकलते हैं, फिर लाठियों से पिटाई खाते हैं, मुर्गा बनते हैं और चुपचाप अपने घर वापस लौट जाते हैं।

तीसरा वर्ग वो लिमिटेड एडीशन है, जो अपने घर में बैठकर न्यूज़ चैनल्स पे टिप्पणियाँ करता है, फेसबुक और ट्विटर पे पोस्ट डालता है, एमेजॉन और फ्लिपकार्ट पे जरूरत की चीजें मँगाता है, ऑक्सीमीटर पे रोज़ अपना ऑक्सीजन लेवल देखकर संतुष्ट होता

है और अपने वैक्सीनेशन की डेट रजिस्टर करवाता है। इस वर्ग में जीने का भी अपना सुख है। अच्छा, मैं बताना भूल ही गया, ये वर्ग चाहे कितना भी पढ़ा लिखा हो रात को ठीक 8:00 बजे अपने बालकनी में जाके थाली और ताली भी बजाता है (कोरोना काल में देश में कई प्रकार के टोटके भी किये गए थे)। ये वर्ग मेरा फेवरेट है।

मेरे पड़ोस के चट्टोपाध्याय जी इस तीसरे वाले वर्ग में बखूबी फिट आते हैं। उनमें सारे गुण हैं। वैसे इसके कुछ शुरुआती लक्षण मैं उनमें पिछले कई सालों से महसूस कर रहा हूँ पर पिछले साल आए इस कोरोना काल ने उनके बाकी छिपे हुए गुणों को और निखार डाला है। चट्टोपाध्याय जी ने इस कोरोना से बचने में कोई कसर नहीं छोड़ी है। आप यूँ कह सकते हैं कि उनका पूरा घर कोरोना की इस जंग में जेड-सिक्योरिटी जोन में आता है। सेनेटाइजर तो उन्होंने किलो लीटर के हिसाब से मँगा के रखा है। घर के चार सदस्य आपस में भी हाथ मिलाने पर सेनिटाइजर लगा लेते हैं। पिछले महीने जब इनकी श्रीमती ने एक हफ्ते के लिए बिस्तर पकड़ा तो रेस्टोरेंट से खाना आता था, लेकिन चट्टोपाध्याय जी ने यहाँ भी पूरी सतर्कता बरती। रोटी-चावल तो छोड़ो, सब्जी और दाल तक पे सेनिटाइजर स्प्रे मारते थे। उनके इस डेडिकेशन को देखकर हमें ये पूरा विश्वास हो गया था कि ये कोरोना से भले बच जाएँ, पर कोई एक नई बीमारी से जरूर मर जाएंगे। पर ऐसा हो ना सका, मतलब वो अभी तक जिन्दा हैं, यानि कि ये कहानी लिखे जाने तक को कम से कम, जरूर।

उनके जीने का तरीका भी अजीब होता जा रहा है। सुबह में आयुर्वेदिक, दिन में देशी और रात में अंग्रेजी दवा (वो वाली अंग्रेजी नहीं) और विधियों का सेवन निरंतर चल रहा है। इधर चैनल वालों

ने अलग हद मचाई हुई है। हालांकि सब चैनलों पर एक ही खबर आ रही है, बस आँकड़े अलग-अलग होते हैं। पर इन चैनल वालों ने ज़ोर-ज़ोर से चिल्लाकर ऐसा माहौल क्रिएट कर दिया है कि चट्टोपाध्याय जी को अब पूरा भरोसा हो गया है कि मैक्सिमम 10 से 15 दिनों में कोरोना की कोई ना कोई पक्की कारगर दवा जरूर इजात हो जाएगी। उस 10-15 दिन के इंतजार में वो रोज़ कोरोना से बचने और मरने वालों का रेसियो निकालकर अपना टाइम पास करते हैं।

एक जो सबसे बड़ी समस्या उन्होंने रिसेंटली फील की है वो ये, कि मार्केट में टीका तो आ गया है, पर लगवाएं कौन सा! जी हाँ, उनका प्रश्न और उनकी शंका बिल्कुल सही है। जो माहौल और टीकों की ब्रांडिंग बाहर चला रही है वो बहुत कन्फ्यूजिंग है।

टीकाकरण को लेकर मिलने वाले फैक्ट भी बहुत डरावने हैं। जिन्होंने पहला डोज ले लिया, उनको भी कोरोना हो सकता है, जिन्होंने दोनों डोज ले लिए, उन्हें भी कोरोना हुआ और जिन्होंने टीका नहीं लिया उनमें से बहुत सारे अभी तक बचे हुए हैं।

टीका लगाने के लिए जिन सरकारी अस्पतालों में व्यवस्थाएँ की गई हैं, उनमें से कुछ को देखकर तो कई बार ऐसा लगता है जैसे उस नर्क में जाकर टीका लगवाने से अच्छा है कि कोरोना से ही दम घुटवा कर मर जाया जाए। चट्टोपाध्याय जी टाइप के लोगों का ऐसे माहौल में आनंद लेने में, मुझे बड़ा आनंद आता है। कोरोना टीकाकरण को लेकर वो जिन 35 से 40 लोगों से अपनी राय बना रहे थे उनमें से एक मैं भी था। हम लोगों का काम उन्हें ये कन्विंस कराना था कि वो कौन सी वैक्सीन लें और कौन से अस्पताल में जाकर लें।

सब लोग इस मामले में अपने-अपने अनुभव शेयर कर रहे थे। वैक्सीन का ब्राण्ड तो यूँ चुना जा रहा था जैसे लेटेस्ट मोबाइल का मॉडल, और अस्पताल ऐसे, जैसे बेटी की शादी के लिए विवाह का मंडप। वैक्सीन के फीचर, उसे बनाने वाली कंपनी, उसका परफॉरमेंस और उसके साइड-इफेक्ट, सब पे रिसर्च की जा रही है। बीच में अगर कोई फँस रहा हो तो यू-ट्यूब या न्यूज़ चैनल का रिफ्रेंस ले रहा है। बड़े-बड़े नेताओं और हस्तियों ने कौन सी वैक्सीन ली है, वो डाटा भी कलेक्ट किया जा रहा है। समय की चिंता आप मत कीजिए। सारे लोग अपने-अपने घरों में लगभग निकम्मे ही बैठे हैं। सो ज्ञान देने के लिए सबके पास पर्याप्त समय है।

वैक्सीन फाइनल किया तो अस्पताल की चिंता। जो नजदीक का हॉस्पिटल है उसपे भरोसा नहीं होता। जो दूर का हॉस्पिटल है, उसकी जर्जर हालत देखकर तो ऐसा लगता है जैसे वैक्सीन के बदले उस अस्पताल में कुछ डोनेट कर के ही आ जाऊँ। वैसे प्राइवेट और ब्लैक में भी वैक्सीन उपलब्ध हैं पर चट्टोपाध्याय जी ने हर आम आदमी की तरह इस ऑप्शन को सबसे लास्ट के लिए रखा। अस्पताल के चयन को लेकर लोगों के जो तजुर्बे हैं उन्हें सुनकर चट्टोपाध्याय जी का मन अब बड़े संशय में है। 10 में से आठ लोग वैसे हैं, जो वैक्सीन लगवाकर अस्पताल से लौटे और 4 दिन में पॉजीटिव हो गए (नहीं, वैक्सीन सही थी, अस्पताल की हाइजीन खराब थी)। उस आठ में से एक तो मर भी गया। ये अलग बात है कि उसकी अस्पताल से लौटते वक्त सड़क दुर्घटना में मृत्यु हुई, पर मरा तो वैक्सीन लेने के बाद ही न। ये भी बहुत कमाल की बात है। इस पूरे साल देश में जो मरा वो बस कोरोना से। ऐसा लगता है मानो बाकी की महामारियाँ जैसे मलेरिया फ्लू, भुखमरी इत्यादि तो मेडिकल छुट्टी लेकर अपने-अपने घर चली गई हैं। कभी-कभी तो

ऐसा लगता है जैसे अब बस कैसे भी ये दो टीके लग जाएँ, फिर तो इस जीवन में अमरत्व प्राप्त हो जाए।

खैर, अभी हम चट्टोपाध्याय जी के अस्पताल का चयन कर रहे हैं। और बहुत मंथन करने के बाद 10 किलोमीटर दूर जो प्राथमिक विद्यालय है (जिसे आजकल वैक्सीनेशन सेंटर बना दिया गया है), टीकाकरण के लिए, उसका चयन सर्वसम्मति के साथ किया गया। कारण दो। पहला, वो रिलेटिवली हाईजेनिक है; मतलब वहाँ से जो वैक्सीन लेकर लौटता है उनमें से मरने वालों की संख्या बहुत कम होती है और दूसरा वहाँ जो नर्स टीका लगाती है, वो बहुत खूबसूरत है। कुछ लोगों का तो यहाँ तक मानना है कि अगर मौत भी आए तो वो कम से कम हसीन तो हो।

तो चट्टोपाध्याय जी ने अपने इष्ट देव को याद करते हुए 11 मई की तारीख तय की है। ये दिन मंगलवार का है। उनका इस दिन में बहुत विश्वास है। "नाशे रोग, मिटे सब पीरा", इसका जाप करते हुए चट्टोपाध्याय जी पहुँच गए प्राथमिक विद्यालय। वहाँ की व्यवस्था देखकर उन्हें यकीन हो गया कि अब कोरोना से तो उन्हें आज कोई नहीं बचा सकता। बस अब टीका पे भरोसा है। इतनी लम्बी कतार में आखिरी बार वो तब खड़े हुए थे जब शहर के अजंता टॉकीज में कैटरीना की धूम श्री लगी थी। वैसे आज भी उन्हें वो धूम श्री वाली हीं फीलिंग आ रही थी (भाई, अंदर जो बैठी है, वो आम आदमी के लिए कैटरीना से कम थोड़े ही है)। 10 बजे के खड़े चट्टोपाध्याय जी का नंबर 4 बजे आया।

कौन कहता है कि इंतजार का फल मीठा होता। चट्टोपाध्याय जी के इंतजार का फल तो विनोद था। हाँ भाई, 3 बजे नर्सों की शिफ्ट बदल जाती है। चट्टोपाध्याय जी की कैटरीना तो चली गई और हाथों में वैक्सीन लेकर जो बचा, वो है विनोद। विनोद

मुस्कुराते हुए उन्हें कहता है, आइए, आप खाली पेट तो नहीं हैं! उनका मन तो हुआ उससे कहूँ "नालायक, सोचा तो था कि अपना व्रत कैटरीना को देख कर ही तोड़ूँगा पर मुझे क्या पता था कि मेरी तपस्या का फल मुझे विनोदासुर के रूप में मिलेगा। चट्टोपाध्याय जी का मन उस वक्त ठीक वैसे ही भारी हो गया जैसे शादी के तीन चार महीने बाद किसी औरत का पाँव। अस्पताल के बाहर कोरोना और अस्पताल के अंदर हाथों में टीका लिए विनोदासुर... चट्टोपाध्याय जी की मजबूरी की ये पराकाष्ठा थी और अंत में विवश होकर उन्होंने अपना हाथ विवेक के हाथों में सौंप दिया। जी हाँ, चट्टोपाध्याय जी अब कोरोना की जंग का लेवल वन पार करके गर्व के साथ अस्पताल से घर को रुख़्सत हो चुके हैं। और उन्हें अब ये पूरा भ्रम हो चुका है कि वो ऑलमोस्ट सुरक्षित वाली कैटेगरी में शामिल हो गए हैं।

आज की शाम कितनी अशुभ है न... अरे-अरे घबराइए नहीं, हम लोगों के लिए नहीं, और चट्टोपाध्याय जी भी कोई मरे नहीं हैं। पर हाँ, चट्टोपाध्याय जी ने घर पहुँचकर जबसे ये न्यूज़ खोला है, उनका मन कुछ खट्टा हुआ जा रहा है। जी हाँ, बता रहे हैं कि मार्केट में अब तक आई हुई दोनो वैक्सीन उतनी कारगार नहीं साबित हो रही है सो इसे देखते हुए सरकार ने एक तीसरी वैक्सीन मार्केट में लाने की योजना बनाई है। बताते हैं, ये ज्यादा पावरफुल है। दूसरी और मजेदार बात। जिन लोगों ने पुरानी वैक्सीन लगवा रखी है, उन्हें ये नए वाले टीके नहीं लगेंगे, साइड इफेक्ट होने का खतरा है और तीसरी... तीसरी कुछ नहीं है, बस सरकार ने जनहित में ये एक नया नारा जारी करवा दिया है कि

"कोरोना की इस जंग में हम आपके साथ हैं, पर आपकी सुरक्षा बस आपके हाथ है"।

वैसे जो भी हो, मुझे चट्टोपाध्याय जी के लिए बड़ा दुख और शोक है। अब उन्हें अपनी बाकी की जिंदगी एक शक, एक चिंता और दो अफसोस के साथ गुजारनी पड़ेगी।

शक ये, कि पता नहीं जो वैक्सीन उन्होंने लगवाई, वो कारगर है भी या नहीं!!!

चिंता ये, कि पता नहीं ये वैक्सीन उनके अंदर कौन सा साइड इफेक्ट पैदा कर रही हो!!!

पहला अफसोस ये, कि अगर एक दो महीने और रुक जाते तो कम से कम ज्यादा अच्छे मॉडल की वैक्सीन मिल जाती, और दूसरा अफसोस ये कि कैटरीना टाइप की नर्स से टीका लगते-लगते रह गया।

खैर, ये सब तो लंबे समय की चिंता है। जो छणिक चिंता उन्हें सुबह से खाए जा रही है, वो ये, कि आज उन्हें किसी चीज़ का स्वाद नहीं आ रहा है.... हाय रे कोरोना के टीका, तेरी लीला अपरंपार।

# "नया टेबल"

और घरों में जितनी कहानियाँ होती हैं, कम से कम उतनी मेरे घर में भी हैं। बहुत जोड़ घटाव करने पे एक-आध कहानी में अंतर आ सकता है पर उन्हें छोड़ दिया जाए तो अमूमन बाकी कहानियाँ और घरों की ही तरह हैं। हाँ, जो थोड़ा बदलाव है, वो बस इतना कि मेरे घर में कहानियाँ बस दिखती ही नहीं हैं, लिखी भी जाती हैं। क्या पूछा, कौन लिखता है!! मैं लिखता हूँ।

हाँ, मैंने कुछ दिनों से कहानियाँ लिखनी शुरू की हैं। ऐसा लिखने के पीछे लालच बस इतना सा है कि मुझे अपने घर और घर के आसपास के किस्से-कहानी बड़े पसंद आते हैं। मैं कुछ सालों

में इन्हें भूलने न लगूं सो लिख लिया करता हूँ। या ज्यादा अच्छा होगा ये कहना कि मैं इन कहानियों को लिख लेना चाहता हूँ।

पर मेरे घर की परिस्थितियाँ फिलहाल ऐसी नहीं कि मैं कुछ लिख सकूँ। परिस्थितियों से मेरा मतलब यहाँ कुछ और है। मेरे घर में जगह थोड़ा कम है और उपलब्ध जगह के हिसाब से सामान थोड़ा ज्यादा है। आलम यह है कि मैं 4-5 महीने से अपने ही घर में जासूस बनके घूम रहा हूँ कि कहीं से भी पूरे घर में एक खाली हिस्सा ऐसा मिल जाए, जहाँ मैं एकांत में बैठकर कुछ सोच सकूँ और फिर जो सोचा है उसे लिख सकूँ। पर ये भीषण संयोग आज तक नहीं बन पाया। कोना खाली मिले तो वो एकांत नहीं, एकांत कोना मिले तो वहाँ बैठने लायक जगह नहीं। वैसे ऐसा नहीं है कि मैंने घर में रखे सोफे और डाइनिंग टेबल के बारे में विचार नहीं किया। किया था, पर उन जगहों पर बैठकर कोई सुविचार उत्पन्न होते हुए मैंने देखे नहीं। इन जगहों पे दरअसल लिखने लायक कहानियाँ बनती हैं, पर लिखी नहीं जाती। ये सब कुछ ठीक वैसे ही है जैसे झोपड़पट्टियों में रहने वाले लोगों के घरों का बस दौरा किया जा सकता है, ऊपर से चिंता जताई जा सकती है, पर इन झोपड़पट्टियों की कहानी उन्हीं झोपड़पट्टियों में बैठकर नहीं लिखी जाती। उन्हें लिखा जाता है शानदार ए सी वाले कमरे में, बड़े सुकून से लेटकर। वैसे आप मुझसे पूछें, तो कहानियों का असली फ्लेवर उन जगहों पर ही बैठ कर लिखने में आता है, जहाँ की ये कहानियाँ हों।

अच्छा, फिलहाल ए-सी के कमरों से याद आया, कुछ लिखने पढ़ने की जगह के रूप में एक विकल्प बैडरूम भी है, पर सच मानिए तो ये बस एक विकल्प मात्र ही महत्ता रखता है। ठीक उसी तरह, जैसे परीक्षा के प्रश्न पत्रों में एक सवाल के उत्तर में चार

विकल्प दिए जाते हैं पर सही सिर्फ एक विकल्प होता है, बाकी के विकल्प आपको भटकाने के लिए रखे जाते हैं, दरअसल वास्तव में वो कभी काम नहीं आते। उल्टा अगर उन्हें चुन लिया जाए तो कभी-कभी निगेटिव मार्किंग भी हो जाती है। बस वही हाल है बेडरूम का। ये जगह प्रायः सोने में उपयोग लाई जाती है या लाई जानी चाहिए, किन्तु हम विकल्प के रूप में इसे कभी पढ़ाई का कमरा बना देते हैं और कभी घरेलू हिंसा का। हमें या कई लोगों को ये समझने में बहुत देर लग जाती है कि हम पढ़ने या लड़ने की उत्सुकता में बेडरूम का उपयोग करते वक्त दरअसल एक गलत विकल्प का चयन कर रहे हैं।

अब बची बालकनी। हाँ बालकनी में कुछ बैठकर लिखने वाला आइडिया मुझे पसंद है पर इस जगह पर लिखने के संबंध में मेरी पत्नी की राय भिन्न है। उसका ऐसा मानना है (ध्यान दीजिएगा, ये उसका मानना है, इसका मतलब ये नहीं निकलता कि इसमें मेरी सहमति भी हो) कि बालकनी या छत जैसी जगहों पर बैठकर एक शादीशुदा लेखक अपने सोच की केंद्र बिंदु से दूसरी बिंदु की ओर बहुत आसानी से भटक सकता है, सो मेरा ये वाला प्रपोजल तो पिछले महीने ही रिजेक्ट कर दिया गया था। हाँ, वो एक लंबी कहानी है, फिर कभी बताऊँगा। आप तो फिलहाल बस इतने से संतुष्ट रहें कि मुझे अपने घर की बालकनी में बैठकर लिखना सख्त मना है और वो भी खासकर जब मैंने नीले रंग की कमीज पहनी हो। मेरी बीवी कहती है कि नीले कलर में मेरी पर्सनालिटी और मेरा कलर बहुत निखर के आता है।

ये ऊपर आपने जो सब पढ़ा, वैसे में ज़रा सोचिये और अपने दिल पे हाथ रखके बताइए कि एक घर में, खासकर मेरे घर में, कोई लेखक भला अपनी प्रतिभा लेकर करे क्या! कमरे के किस

कोने में जा के कुछ सोचने की हिम्मत करे और गलती से कोई ख़याल आ भी जाये तो उसे कौन सी सुकून वाली जगह पे लिखने बैठे!

मेरी हालत कुछ हफ्तों में पागलों जैसी हो गई थी। सोते जागते मेरे अंदर और बाहर अनगिनत कहानियाँ घूम रही थीं और मेरी इन कहानियों के अनकहे पात्र और दृश्य, सब रोज़ मेरे अन्दर और बाहर घुट-घुट के मरे जा रहे थे। उन्हें वेंटिलेटर पर कुछ और दिन जिंदा रखने के लिए जो सोफा और डाइनिंग टेबल का स्पेस था वो अब काफी नहीं पड़ रहा था।

और फिर एक दिन वही हुआ। मैंने जवाब दे दिया। नहीं, मतलब वो वाला जवाब नहीं। मैंने एक दिन घर के सभी सदस्यों को एक साथ बैठाकर अपनी करुण गाथा सुना डाली। मुझे ये कहने में ज़रा भी झिझक नहीं हुई कि मैं इस माहौल में अब और नहीं लिख सकता सो अब निर्णय लिया है कि मैं अपने लिए एक अलग टेबल बनवाऊँगा। "अपने" से मतलब, इस टेबल पे बस मेरे लिखने और पढ़ने की चीजें होंगी और उन्हें बस मैं ही उपयोग करूँगा। आप हँसिए मत। ये इतनी आसान बात नहीं थी। एक घर में जहाँ हर एक चीज़ हर किसी की होती है, वहाँ आप एक ऐसी चीज़ की कल्पना ले के बैठे हों जो बस आपकी हो! मैंने फिर भी ये कहने की कोशिश की। वैसे बात बहुत लंबी नहीं खींची। मुश्किल से बस एक-आध घंटे की बहस के बाद ही एक नए टेबल को घर में लाने की सर्व स्वीकृति मिल गई। कुर्सी को लेकर मेरी दलीलें थोड़ी कमजोर पड़ गई थीं सो ये वाला मैटर अगली सुनवाई तक के लिए टल गया।

तय कुछ यूँ हुआ कि, घर में पहले टेबल आएगा, उसकी उपयोगिता देखी जाएगी और अगर ऐसा महसूस हुआ कि वाकई

'नए' और 'पर्सनल' टेबल से नए और ज्यादा अच्छे विचार आते हैं तो फिर बकायदा कुर्सी भी मुहैया कराई जाएगी। अब आप ज़रा मेरी स्थिति की तारीफ देखिए। होगा दरअसल ये, कि घर में नया टेबल आने के बाद वाले दिन से ही मैं कटघड़े में खड़ा हो जाऊँगा। यानि कि मुझे मन मार के भी उस टेबल की उपयोगिता बढ़ानी है। मन मारने का मतलब, कहानी लिखने का मूड हो या ना हो, सुबह शाम दो घंटे टेबल पे डायरी खोले बैठे रहो। कुछ लिखो या ना लिखो, पर बैठना जरूर है।

अब आप सामने वाले (यहाँ सामने से तात्पर्य मेरी बीवी से है) को नया टेबल लेने के बाद ये तो नहीं समझा सकते न कि लेखक का एक मूड होता है। हो सकता है, उसका मूड एक महीने तक न बने। ऐसा सोचने और बोलने की कल्पना भी मत कीजिएगा। भाई, आपने जिस घर की गृहिणी को ये चैलेंज दे दिया हो कि तुम्हारे घर में एक ऐसी जगह नहीं जहाँ चैन से बैठ के कुछ लिख या पढ़ सकूँ उसके प्रकोप और हाय से बचना इतना आसान थोड़े ही है। अब जब सामने वाले को चैलेंज दिया है, तो फिर साबित करो, नए टेबल की उपयोगिताा।

आज नए टेबल का गृह प्रवेश हो गया। घर के सदस्यों की मिलीजुली प्रतिक्रिया आ रही है। ड्रॉइंग रूम के दीवान के बगल वाले हिस्से को इस तरह से खाली किया गया है मानो मैंने पड़ोसी देश के सीमा क्षेत्र में जाकर उसके जमीन का एक हिस्सा माँग लिया हो। किचन से भी कुछ ऐसी बातें सुनने में आ रही हैं (धीमी आवाज में) 'एक तो ऐसे ही घर में जगह की कमी थी, ऊपर से ये एक नया टेबल और जगह छेकेगा'। घर के बच्चों को डाँटा जा रहा है और ताना मुझे दिया जा रहा है - "अभी कान खोलके सुन लो। ये टेबल पापा के ऑफिस के काम के लिए आई है। अगर अपना

कोई भी सामान उस टेबल पे रखा तो उस दिन तुम्हें मुझसे कोई नहीं बचाएगा"। टीवी को लेकर भी सख्त नियम कानून जारी कर दिए गए हैं। "जब पापा टेबल पे कुछ काम करने बैठें तो टीवी की वॉल्यूम एकदम कम रखनी है"। मुझे ये सब आदेश और अध्यादेश किसी बड़े साजिश का हिस्सा मालूम पड़ रहे थे। सामने वाली पार्टी (मेरे अलावा घर में बाकी सब) मुझे बार-बार ये एहसास दिला रही थी कि, "वो तो भला मानो हम लोगों का जो हमने तुम्हें घर में अपने लिए टेबल रखने की इजाजत दे दी। मगर ध्यान रहे, तुम्हारे लिए ही घर का वास्तु और घर के नियमों में फेरबदल किए जा रहे हैं। अगर अब तुम्हारे इस टेबल पर कोई ढंग की कहानी नहीं लिखी गयी तो डूब मरो चुल्लूभर पानी में। तुम्हें लेखक कहलाने का कोई हक नहीं"।

इस घर में अब 'मुझे' और 'टेबल' को छोड़कर, बाकी सब दर्शक बने हुए हैं। या यूँ कहिए कि इस घर में अब बस दो चीजें दर्शनीय बनी हुई हैं, एक 'मैं' और दूसरा 'टेबल'। मेरे और मेरे टेबल की हर गतिविधि पर सबकी नजर है। मैं सुबह से कितनी बार उस टेबल पे कुछ लिखने गया, मैंने क्या-क्या लिखा और हाँ जब मैं कुछ सोच रहा था तो उस वक्त मैं टेबल पे ही था या कहीं और! यहाँ एक और बात होने लगी। कभी-कभी मैं जो वो, सोफा पे या डाइनिंग टेबल पे छिप-छिपा के कुछ सोच या लिख लेता था अब वैसा करने का सुख भी जाता रहा। वैसे ये एक मनोविज्ञान का विषय भी है कि किसी व्यक्ति और वस्तु के लिए जो जिज्ञासा और उत्सुकता हमें उसे पाने के पहले रहती है वो उस व्यक्ति और वस्तु को पा लेने के बाद थोड़ी कम हो जाती है। मेरे साथ भी शायद कुछ ऐसा ही हो रहा था। पर मेरे लिए इस मोह को भंग करना इतना आसान नहीं था।

अच्छा, बदलते समय के साथ मुझे टेबल के आसपास ही सीमित रहने की योजना बनाई जाने लगी। मेरी चाय और मेरा नाश्ता अब इस टेबल पे ही सर्व होने लगा। सुबह की मेरी अखबार भी इसी टेबल पर लाकर रख दी जाने लगी। धीरे-धीरे मुझे बाकी दुनिया से काटा जाने लगा। ये मेरे लिए चिंतनीय था। मैं अपने खूबसूरत पात्र और जगहों को मिस करने लगा था।

हाँ भाई, मेरे पात्र... वही "बाहर रोड पे नौकरी के लिए भागता हुआ जाता एक नौजवान लड़का", "छत पे अपने बाल सुखाती एक खूबसूरत लड़की", "कमरे में पिताजी का उठाया गया कोई गाँव का वाक़्या", "माँ के दूर के रिश्तेदारों के किस्से" और "बीवी के मीठे-खट्टे तानें"। मैं इन सबको बहुत मिस करने लगा था। बच्चों की शरारतों और घर की छोटी-मोटी घटनाओं में जो बड़ी कहानियाँ बन जाती थीं वो इस टेबल तक शायद ठीक से पहुँच नहीं पा रही थीं; किचन में खड़े-खड़े कुछ पकते हुए देखकर कौन सी बात याद आ जाती थी और एक कहानी का शीर्षक निकल आता था; सोफे पे बैठे-बैठे, बिस्तर पर लेटे-लेटे जब कुछ भी करने का कोई मूड न हो उस वक्त अचानक से वही चाय पीते-पीते दो पन्ने लिख डालना और डायनिंग टेबल पे बैठकर शाम का नाश्ता और एक तरफ डायरी और उसमें फँसी कलम को निकालकर कुछ लिखते रहना। ये जगह, हाँ इन्ही जगहों ने दी हैं मुझे लोगों तक पहुँचाने वाली और उनसे जोड़े रखने वाली कहानी।

मैंने ये महसूस करना शुरू कर दिया कि इस टेबल और उसकी उपयोगिता की लड़ाई में दरअसल मेरी कल्पना का असली स्रोत तो मुझसे दूर होता जा रहा है। घर में, बालकनी में, छत पे, और चार लोगों के बीच, जो मेरी छोटी-छोटी कहानियों के नटखट पात्र पैदा हुए थे, वो सब तो उन्ही पुरानी जगहों पर छूटे हुए हैं। वो मुझे

खोज रहे हैं कि मैं वहाँ जाकर उन्हें अपनी कहानियों में फिर से फिट करूँ, पर मुझे तो अपने टेबल की मैट फिनिश डिजाइन की उपयोगिता साबित करने से ही फुर्सत नहीं। मैं इस नए टेबल के सामने खड़ी व्हाइट डिस्टेम्पर की दीवार को देखता रहता हूँ, और सोचता रहता हूँ कि क्या चीज़ सबसे खूबसूरत है! एक कहानी को जिंदा रखना या एक कहानी में जिंदा रहना। मैंने हार मान ली है। नहीं, इस बार भी 'वो वाली' हार नहीं।

पिछले हफ्ते घर में छोटे बेटे की बर्थडे पार्टी थी। मैंने ही उसे जिद करके कहा कि वो मेरी टेबल पे केक काटे। केक कटिंग के बाद मेहमानों के लिए नाश्ता सजाकर उसी टेबल पे रखा गया। धर्मपत्नी और घर के समझदार लोगों ने मेरा इशारा अच्छी तरह समझ लिया था। दो से चार दिनों में देखते देखते कब ये टेबल मेरे अकेले से मेरे पूरे घर का बन गया पता ही नहीं चला। अब उस टेबल पर किताबों और डायरी के साथ-साथ माँ की 'ऊन के गोले', 'पिताजी के चश्मे का डब्बा', और 'बीवी के मोबाइल का चार्जर' भी कभी-कभी मिल जाया करता है। वेणु (मेरा बेटा) ने टेबल का एक कोना अपनी किताबों के लिए रिज़र्व कर लिया है। अब घर में जब कभी दो से चार मेहमान आ जाते हैं तो यह टेबल नाश्ते और चाय के लिए यूज़ किया जाता है।

क्या कहा... "फिर मैं कहानियाँ कहाँ लिखता हूँ"?

वहीं बैठकर लिखता हूँ जहाँ कहानी सच में चल रही होती है। हाँ, यानि कभी ड्रॉइंग रूम में सोफे पे बैठकर, कभी डाइनिंग टेबल पे नाश्ते के साथ-साथ, और कभी बालकनी में सामने वाले घर की खिड़की की तरफ देखते हुए। याद है ना, वो झोपड़पट्टियों वाली बात! कहानी जब वहाँ लिखेंगे, जहाँ की ये कहानी है, तब आएगा कहानी का असली फ्लेवर.....

# "रामलीला मंचन से पहले..."

'जय भवानी' हेयर सैलून वाला कमाल के बाल काटता है। शेविंग भी अच्छी करता है। रेट भी रिजनेबल है। पर जो बात आपको अभी तक पता नहीं है, वो ये कि 'सलीम जेंट्स पार्लर' जो ठीक 'जय भवानी' के सामने पड़ता है, वो इस पूरे टाउन का सबसे फेमस हेयर कटिंग सैलून है। सलीम भाई के यहाँ तो हेयर कटिंग की लाइन लगती है। पर इस समय मेरी समस्याएं ये नहीं कि, इन दोनों में कौन अच्छा है और कौन कम अच्छा! समस्या ये है कि इधर एक हफ्ते से सलीम भाई के कुछ कस्टमर 'जय भवानी' की ओर डाइवर्ट

हो रहे हैं। वैसे आप चिंता मत कीजिए, ये सीज़नल इम्पैक्ट है। 10-15 दिनों में वापस सलीम भाई का मार्केट ऊपर बढ़ेगा।

क्या पूछा! "सीज़न कौन सा चल रहा है"? दशहरा आने को है और टाउन में रामलीला मंचन की तैयारी चल रही है। अब आप पूछेंगे कि इस मंचन का हेयर कटिंग वालों की शॉप से क्या रिलेशन। अरे सिंपल है, रामलीला मंचन करवाने वाली मण्डली को आज भी लड़कियों के लिए "बहुत सेफ प्लेस" नहीं माना जाता। दरअसल आज भी बहुत से लोग अपने घर की औरतों और लड़कियों के लिए रामलीला जैसी स्टेज परफार्मेंस को बहुत स्टैंडर्ड का नहीं मानते। हाँ, उसके बदले कोई डांस और फैशन का कॉम्पिटिशन हो तो यही गार्जियन अपने बच्चों के साथ कड़ी धूप में भी छाता पकड़े लंबी लाइन में दिख जाएंगे। खैर, अपनी-अपनी सोच है। इसका न आप कुछ कर सकते हैं और मैं तो खैर, क्या कर सकूँगा! लेखक हूँ न, हाथ खुले हैं पर पाँव बाँध दिए गए हैं।

तो चलिए, वापस उसी मुद्दे पे मुखातिब हों कि हेयर कटिंग वालों के यहाँ ये लाइन किसकी लगी है! तो आप समझ गए न, दरअसल में ये सब रामलीला मंडली के वो वाले कलाकार हैं जिन्हें औरत का रोल मिला है और जिसके लिए इन्हें थोड़ा एक्स्ट्रा पैसे देकर मनवाया और मँगवाया, दोनों गया है।

पर दूसरी बात जो आपने ऊपर नोटिस नहीं की, शायद, कि इस 'सलीम जेंट्स पार्लर' वाले से लोगों को समस्या क्या है। अभी सिंह जी जो अपनी मूँछ मुड़वा के 'जय भवानी सैलून' से बाहर निकले हैं वो पिछले सन्डे तक तो सलीम भाई के कस्टमर थे। इन्हें क्या हुआ, मैं बताता हूँ। ये धर्म, भक्ति, आस्था और मूर्खता का मामला है। सब लोग नहीं समझेंगे। भला सोचिए न, सीता मैया सलीम की दुकान से अपनी मूँछें कटवाकर बाहर निकलेंगी तो उन्हें

रामजी भला स्वीकार करेंगे क्या! सवाल ही नहीं है। मंडली में विशेष गाइड-लाइन है कि सारे कलाकार अपने आप को जितनी हद तक हो सके पवित्र रखने की कोशिश करें। ऐसा करने से कैरेक्टर में फील आता है और प्रभु की कृपा तो खैर बनती ही है। अब पवित्रता और सलीम भाई का क्या रिलेशन है, ये अभी तक देश में विवाद का विषय बना हुआ है।

वैसे आप भी सोच रहे होंगे कि जिस तरह का मैंने विश्लेषण कर दिया है, ये वाली रामलीला मंडली कोई बड़ी भारी भरकम कलाकारों की संस्था होगी। एकदम कन्फ्यूज मत होइये। इस मंडली में टोटल तीन कैटेगरी के लोग हैं। पहले वो जो अपने-अपने घरों और खानदानों के रिजेक्टेड पीस हैं, मतलब नालायक, आवारा, गुण्डा इत्यादि-इत्यादि। ये लोग आपके थोड़ा रिक्वेस्ट करने पर शराब और सिगरेट भी पी लेते हैं। इनकी जनसंख्या इस रामलीला कमेटी में 65 प्रतिशत है। और देखा जाए तो इस हिसाब से ये पार्टी बहुमत में है। 25 प्रतिशत वाले वह बुद्धिजीवी वर्ग हैं, जो शायद धोखे या भ्रम से इस ग्रुप में घुसा दिए गए हैं और परिणाम ये है कि ये 25 प्रतिशत वाले, 65 प्रतिशत के इन्फ्लुएंस में आकर अब उन जैसे ही हो रहे हैं या होने की प्रक्रिया में हैं। बाकी 10 प्रतिशत में, 5 प्रतिशत काम के लोग हैं, जिनका भक्ति में सचमुच में विश्वास है। क्या कहा, रेस्ट 5 प्रतिशत? ये लोग दरअसल लास्ट ओवर इंट्री हैं। ये इस कमेटी के परमानेन्ट मेंबर नहीं हैं। आप ये कह सकते हैं कि इन्हें एडहॉक बेसिस पे लिया जाता है। देखिए मैं समझता हूँ। मान लीजिए किसी एक इम्पोर्टेन्ट कैरेक्टर का 2 मिनट का छोटा सा रोल है, और मंचन के ठीक एक दिन पहले वो कलाकार किसी कारण से बीमार पड़ जाये, तो ऐसे में राह चलते किसी भी निठल्ले को 100-200 रुपये का लालच और डायलॉग

वाली चीट दे कर मंच तक पहुँचा दिया जाता है। इससे कम से कम सीन का फ्लो मेंटेन रहता है।

मैं खुद दो बार इस चक्कर में अगवा किया गया हूँ। प्रभु राम जब वनवास के लिए निकलते हैं, उस वक्त दशरथ जी घबराहट और चिंता में मूर्छित से होने लगते हैं। ठीक उसी वक्त जो दरबारी उन्हें सम्भालता है, वो वाला कैरेक्टर चौक पर पंक्चर ठीक करने वाले गुड्डू को मिला था। पर ऐन वक्त पर उसके घर में उसकी बीवी उससे लड़कर अपने मायके चली गई। अब उसे संभालने वाला तो कोई था नहीं, सो उस गम में बेचारे ने इतनी पी ली कि शाम में स्टेज पे चढ़ कर दशरथ जी को संभालने की हालत में नहीं बचा। इस रोल में ज्यादा दम नहीं था पर सीन इमोशनल होने के कारण ऑडियंस का फोकस दशरथ जी की साइड ही था, सो आनन-फानन में स्टेज पे एंट्री के वक्त मुझे दशरथजी के पीछे-पीछे लगा दिया गया।

अगली बार मैं सुलोचना के चक्कर में फँस गया। कम पढ़े लिखे लोग सुलोचना को मेरे मोहल्ले की कोई लड़की समझकर कन्फ्यूज ना हों। संडे को फुर्सत निकालिए, रामायण की सी-डी लगाइये और पूरा एपिसोड देखिए। आपको पता चलेगा कि सुलोचना, इंद्रजीत (एलियास मेघनाथ) की ऑफीशियल वाइफ थी। इन्द्रजीत के युद्ध में मारे जाने के बाद सुलोचना ने सती होने का निर्णय लिया; ये अलग बात है कि उसे ऐसा करने से किसी ने रोका नहीं। ये तो थी असली सुलोचना की कहानी। अब बात आती है रिंकी की। नहीं-नहीं, रिंकी रामायण की कोई पात्र नहीं थी, रिंकी तो 2 नंबर रोड की वो लड़की है जिसको उस साल सुलोचना का किरदार निभाना था। वैसे तो रिंकी के कैरेक्टर पे यहाँ ज्यादा कुछ कहना सही नहीं होगा, पर एक बात जो उन दिनों चौक पे चर्चित थी, वो ये, कि रिंकी का 1

नंबर रोड वाले पवन के साथ कुछ चक्कर चल रहा था। पवन इस कहानी में परिचय के पात्र नहीं है, आप बस इतना जान लीजिए कि पवन के पिता उस एरिया के बहुत बड़े गुण्डा थे और उन्हें पवन का रिंकी से मिलना बिल्कुल पसंद नहीं था। उन्होंने रिंकी के पिता को एक बार पहले ही धमका रखा था कि अगर उन्होंने रिंकी को पवन के आस-पास भी देख लिया तो उसे वहीं गोली मार देंगे।

खैर, इधर सुलोचना के एपिसोड का दिन आया। रिंकी भी सफेद साड़ी पहने हुए अपनी बारी का इंतजार कर रही थी। स्टेज के सेंटर का माहौल ये था कि कुछ ही देर में सुलोचना सती होने वाली थी सो एक जगह घेरा बनाकर लाल धागों की पट्टियाँ बना दी गई और उनके नीचे ब्लोअर फैन रख दिया गया। जैसे ही सुलोचना उस घेरे में बैठती, ब्लोअर फैन को ऑन कर देने से लाल पट्टियाँ हवा में लहराने लगतीं और ऐसा लगता मानो सुलोचना आग के ही घेरे में बैठी हुई जल रही है। बस इतना सा रोल था सुलोचना, मतलब रिंकी का। पर इन सबके बीच उस दिन समस्या ये हो गई कि रिंकी को सुलोचना बने हुए देखने के चक्कर में इधर पवन बाबू रामलीला देखने ऑडियंस के बीच में बैठ गए और उधर 65 प्रतिशत कलाकारों (याद है न लोफर लोग) को मोटिवेट करने के चक्कर में पवन बाबू के पिता जी भी रामलीला देखने आगे वाली रो में बैठ गए। ये खबर किसी ने अंदर सुलोचना (मतलब रिंकी) तक पहुँचा दी।

रिंकी को वो बंदूक से गोली मारने वाली बात याद आ गई सो उसने उसी समय अपने आप को सुलोचना के कैरेक्टर से बाहर निकाला और भागते हुए अपने घर चली गई। वैसे उसका ये डिसीजन असली वाली सुलोचना से बेटर था वरना क्या पता आज उसे भी इस मंच पर अपनी बलि देकर अपने प्यार की परीक्षा देनी पड़ जाती।

खैर, समस्या फिर वहीं, कि अगली सुलोचना कौन! मामला इस बार सीरियस था। 10 मिनट में कलाकार खोजना है, वो भी लड़की। पता नहीं किस अभागे ने मेरा नाम सजेस्ट करवा के मुझे स्टेज के पीछे माइक से बुलवा भी लिया! मेरी समस्या मेरे मूँछों से थी। सुलोचना मूँछों में सती बने, ये थोड़ा औकवर्ड लग रहा था। किसी ने उपाय सुझाया कि इसे सफेद साड़ी पहना कर घूँघट से इसका चेहरा ढक दो। किसे फर्क पड़ता है। बल्कि ये तो और अच्छी बात है कि जो औरत सती होने जा रही है, उसका कैरेक्टर इतना रिलायबल है कि मरने के टाइम में भी घूँघट सर पे है। ये मामला मुझे जम गया। मैंने भी मूँछों की चिंता छोड़कर सफेद साड़ी लपेटी और चढ़ गया स्टेज पर सती बनने। मुझे ठीक सेंटर पे ले जाकर बैठा दिया गया। लाइट का फोकस जैसे ही मुझ पे पड़ा मेरे नीचे से ब्लोअर फैन चला दिया गया। इस पूरे प्रोसेस में जो एक ब्लंडर हो गया, वो ये, कि ब्लोअर फैन की तेज हवा से मेरे सर का घूँघट उठ गया और दर्शकों के सामने मूँछों वाली सुलोचना सती बनकर जल रही थी। इतने करुण दृश्य में लोगों को हँसाने का जो पाप मैंने उस दिन किया, तभी से मैंने कसम खा ली कि कभी भी आगे से, रामलीला में रोल नहीं करूँगा।

आप भी कहाँ इन कहानियों में पड़ गए! कल जो हुआ वो आपने सुना है कि नहीं! चलिए आपने नहीं सुना तो मैं बता देता हूँ। अपनी वाली रामलीला मंडली, हाँ-हाँ वही, जिसके पात्र 'जय भवानी हेयर सैलून' में मूँछ कटवा के निकल रहे हैं वे सब के सब दरअसल आज वाले मंचन की तैयारी में हैं। लक्ष्मण जी की हेयर कटिंग कम्पलीट है। सीता जी का नंबर आ चुका है और वो; मतलब जो उनका पात्र निभा रहा है वो, क्लीन सेव के लिए बैठ चुकी हैं। राम और रावण का नंबर आने में टाइम है, सो वे दोनों पड़ोस के यादव मिष्ठान में गर्म पकौड़े तलवा रहे हैं। कुछ पात्र चौरसिया

पान भंडार के पास सिगरेट फूँकते हुए अपने डायलॉग का रिवीजन मार रहे हैं। कुल मिलाकर आप ये कह सकते हैं कि पूरा मोहल्ला रामायण के पात्रो से भर चुका है और लाउडस्पीकर पर एक ही नाम गुंज रहा है "जय श्रीराम"।

पर रावण परेशान है। नहीं-नहीं "जय श्रीराम" के नारों से परेशान नहीं हैं। उसकी परेशानी का कारण है मंटू। जी, अब आप सोचेंगे मंटू रामायण में कहा से आ गया। आया नहीं है, लाया गया है। मंटू जटायु बना है। जिन लोगों ने रामायण नहीं पढ़ी है या उनका रामायण से अब तक पाला नहीं पड़ा है उन्हें बताता चलूँ, कि जब रावण सीता जी को किडनैप करके लंका ले जा रहा था तब जटायु ने रावण को रोकने की बहुत कोशिश की और इस दौरान उन दोनों में 'घमासान युद्ध' हुआ।

तो घटना कल की है। जब हम सब लोग आज के मंचन की चर्चा पे बैठे थे। अच्छा, यहाँ एक बात और बताता चलूँ, जो सज्जन रावण का पात्र निभा रहे थे, उन सज्जन के लिए कल तक मेरे दिल में बड़ी इज्जत थी। दरअसल, उनके बारे में मेरा बहुत दिनों से ये इंप्रेशन था कि वो एक गंभीर प्रकृति के इंटेलेक्चुअल हैं। बिलकुल कम बोलना और हमेशा गंभीर रहना। उनके साथ जब रिहर्सल में कल पहली बार बैठने का मौका मिला, तब जाके मेरा ये भ्रम दूर हुआ कि दरअसल वो गुटखा खाने के बहुत शौकीन हैं। अमूमन हर आधे घंटे पे गुटखा की एक पूरी पुड़िया उनके मुँह में भरी रहती है। और ऐसे अवसरों में आदमी कम से कम ही मुँह खोलना चाहता है, क्योंकि वो जानता है कि, मुँह खुलने पर उसके बात की वैल्यू हो या न हो, पर मुँह में जो गुटखा है, उसकी वैल्यू जरूर 5 रुपये है।

सो, रावण (मतलब उसको पोर्ट्रे करने वाले कैरेक्टर) के लिए, जो मेरा रेस्पेक्ट था वो कल ही डगमगाना शुरू हो गया था। इस

बीच, जो इस कहानी का साइड एक्टर था, जटायु, वो कब इस स्टोरी के लीड में आ गया ये लोगो को पता नहीं चला। दरअसल अपने जटायु का पात्र निभाने वाले मंटू, बीड़ी-सिगरेट-पान और गुटखा का सख्त विरोधी। अपने रामलीला मंडली वालों के लिमिटेड बजट में रावण और जटायु दोनों पात्रों के डायलॉग एक ही पेपर में प्रिंट होकर आए। जितनी देर तक कागज रावण के हाथ में था उसे पढ़ते-पढ़ते तक गुटखा के कुछ अंश उस पेपर पर गिर गए। फिर जब मंटू जी के हाथ में कागज पहुँचा, तो हो गया उनका पारा हाई।

बात इतनी बड़ी नहीं थी, पर मंटू जी के लिए छोटी भी नहीं थी। बहस से झगड़ा शुरू हुआ और पहुँच गया हाथापाई तक। शुरू में तो कुछ लोगों ने उन दोनों को इग्नोर कर दिया। सब ये समझ बैठे, कि शायद दोनों कल के मंचन की प्रैक्टिस कर रहे हों। पर इतनी रियलिस्टिक फाइट देखकर ये यकीन कर पाना कठिन हो रहा था कि अपनी मण्डली में इतने उम्दा कलाकार भी भरे पड़े हैं!! जब जटायु ने रावण पर वार करने के लिए स्टेज की साइड में रखा गमला उठाया तब लोगों की समझ में आ गया कि युद्ध 'रावण जटायु का नहीं' बल्कि 'अवधेश जी और मंटू' का है। सॉरी, मैं बताना भूल गया था कि रावण का किरदार अवधेश जी नामक व्यक्ति निभा रहे थे। रावण को गुटखा और मंटू को गर्म पकौड़े खिलाकर किसी तरह शांत तो करवा दिया गया, पर जाते-जाते मंटू ने जो डायलॉग मारा वही हम सबकी चिंता का कारण बन गया।

मंटू के आखिरी डायलॉग कुछ यूँ थे - "आज तो जा रहा हूँ, कल अपने प्राणों की रक्षा करना रावण। कसम है श्रीराम की (सच वाले श्रीराम), कल मजाल है तो मंच से सीता मैंया को मुझसे छुड़ा के लेजा। रामायण के कल वाले एपिसोड में अगर रावण बच भी गया तो कम से कम अपने हाथ पैर तो तुड़वाकर ही लंका जाएगा"।

अवधेश जी को सीनियरटी के हिसाब से रावण का रोल दिया गया था। पर 55 साल के इस बुजुर्ग को ये सीनियरटी ही आज महँगी पड़ रही थी। मंटू के आखिरी शब्द सबके कानों में उसी आकाशवाणी की तरह गूँज रहे थे जैसी आकाशवाणी 'श्री कृष्णा सीरियल' में कंस के लिए हुई थी - कि "दुष्ट कंस, तुझे मारने वाला गोकुल में जन्म ले चुका है"।

तो आज एक बार फिर से राम लीला का स्टेज मंचन के लिए तैयार है। लक्ष्मण जी ने अभी-अभी रेखा खींची है, यानी सीता जी के किडनैप होने का सीन आने वाला है। याद है न, रावण और जटायु, यानि 'अवधेश और मंटू'। वैसे आप टेंशन मत लीजिए, आप तो राम लीला का आनंद लें। इस रामलीला मंचन का जो डायरेक्टर है वो बहुत समझदार है। वो असली किरदार छिपा कर आर्टिफिशियल कैरेक्टर को स्टेज पे उतारने में माहिर है। आपको रावण में 'रावण' और जटायु में 'जटायु' हीं दिखेंगे। इसलिए आप तो बस मूँगफली लेकर अपनी जगह पकड़िए और हाँ, याद रहे अगली दो तीन रो छोड़ कर; क्योंकि आज का जटायु और रावण का युद्ध बहुत आक्रामक होने की संभावना है।

# "कार्य प्रगति पर है"

आप लोगों का कभी हाईवे से गुजरना हुआ है? मेरा होता रहता है। आप लोगों का भी होता ही रहता होगा। खैर, मैं आपको बता दूँ कि हाईवे पर कुछ किलोमीटर गाड़ी दौड़ाने के बाद यदा-कदा रास्ते के ठीक बीचो-बीच आपको एक बड़ा-सा डाई-वर्ज़न वाला बोर्ड मिल सकने की बहुत प्रबल संभावना है। ये डाई-वर्ज़न वाला बोर्ड अमूमन काले और पीले रंग की पट्टी के पैटर्न में पेंट किया जाता है। ये दरअसल एक तरह की चेतावनी होती है कि आप यहाँ से गाड़ी दूसरे लैन में ले जाएँ क्योंकि इसके आगे "कार्य प्रगति पर है"।

पर मेरा प्रश्न और मेरी चिंता है कि यह जो कुछ- कुछ दूरी पे डाई-वर्ज़न वाले बोर्ड लगे रहते हैं, क्या सच में वहाँ "कार्य प्रगति पर" है भी या नहीं! कहीं इन बैनरों को कोई उसी तरह लगा कर भूल तो नहीं गया जैसे चुनाव के टाइम में गाँव-गाँव में बनवाए गए शौचालय। जिस स्वच्छता के उद्देश्य से ऐसे शौचालयों का निर्माण कार्य किया जाता है, कुछ दिनों बाद वो ही अगले स्वच्छता अभियान में सफाई का सबसे पहला टारगेट बन जाते हैं।

खैर, हम हाईवे पर थे। जब भी मेरा बिहार से एम.पी आना-जाना होता है तो ऐसे बीसो डाई-वर्ज़न वाले बोर्ड मुझे मिलते हैं। हम लोगों को ये डाई-वर्ज़न वाले पॉइंट इतने अच्छे से याद हो गए हैं कि अगर आप कुछ जगहों पर से एक-आध बोर्ड हटा भी दें तो गाड़ी चलाते वक्त उन जगहों पर आकर हमारी गाड़ी की रफ्तार अचानक से खुद-ब-खुद धीमी हो जाती है, कि यहाँ पर तो पहले डाई-वर्ज़न था! अपनी वाइफ को तो मैंने इन जगहों पर ये भी कहते हुए सुना है कि "लगता है किसी ने डाई-वर्ज़न वाला बोर्ड चुरा लिया है, यह लोग हाईवे को भी नहीं छोड़ते हैं"। ड्राइवर इस बात से नाराज है कि "डाई-वर्ज़न के बोर्ड से याद रहता था कि अगला वाला ढाबा अब कितनी दूर है"।

इतना कुछ बोलेंगे सब, पर मज़ाल है जो किसी के दिमाग में ये बात आ जाए कि हो सकता है कि रोड के आगे का काम सच में कंप्लीट हो गया हो इसलिए डाई-वर्ज़न का बोर्ड हटा दिया गया हो। बस यही दिक्कत है हम लोगों की। हम लोगों को अपने ही ठेकेदारों और अफसरों पर भरोसा नहीं है। हम लोग बस बैठे-बैठे चिंता करना जानते हैं। यह नहीं होता कि गाड़ी से उतरकर आगे एक बार चेक ही कर लें कि सड़क के हालात क्या हैं! पर नहीं, हम तो डाई-वर्ज़न वाले बोर्ड को ऐसे मिस करते हैं जैसे वहाँ बोर्ड नहीं,

'माता की कोई प्रतिमा' हो जिसकी कई सालों से बड़ी मान्यता थी पर पिछले रात ही वो प्रतिमा वहाँ से अचानक किसी ने चुरा ली।

चलिए छोड़िए, और आइए वापस मुखातिब होते हैं उस बोर्ड की ओर, जिस पर पेंट करवाया गया एक-एक अक्षर पिछले 7- 8 साल से चीख-चीख कर इस बात को उजागर कर रहा है कि हाँ, "कार्य प्रगति पर है"। मज़ाल है जो इन पिछले 7-8 सालों में वो 'कार्य' और 'डाई-वर्ज़न वाला बोर्ड' एक मिलीमीटर भी आगे खिसका हो। इस कंसिस्टेंसी के लिए मैं पूजता हूँ इस साज़िश में संलग्न सभी स्रोतों को, जिन्होंने इतने सालों में भी अपना एवरेज खराब नहीं होने दिया। हाँ, एक दो जगह से बोर्ड हटे, काम भी हुए, बिल भी पास हुए, इनके कारण एवरेज थोड़ा बिगड़ा, पर ओवरऑल प्रदर्शन ऐसा था कि ये लोग आगे कई सालों तक हर आने जाने वालों की चर्चा का विषय बना रहे।

बहुत गलत बात है..... आप लोग उस डाई-वर्ज़न बोर्ड की याद में मुझे भी अपने टॉपिक से डाइवर्ट कर रहे हैं। मैं तो "कार्य प्रगति पर है" वाले टॉपिक पर था। ऐसा है कि ये "प्रगति" शब्द दरअसल आम लोगों पर बहुत पॉज़िटिव इम्पैक्ट डालता है। सिंपल है, प्रगति सबको पसंद है और इसे सुनकर मन में आगे बढ़ने की पॉज़िटिव फीलिंग भी आती है। जैसे अगर कोई कहे (कोई क्या, सरकार ही कहे) कि "देश प्रगति पर है" तो इतना सुनकर ही 85 प्रतिशत देशवासी चैन से चादर तान कर सो जाते हैं, कि "चलो भाई, चिंता की बात नहीं है, सरकार ने भी कह दिया है कि देश प्रगति पर है"। अब टीवी पर ऐसे स्टेटमेंट सुन कर आप सरकार को सीधे फ़ोन थोड़े न लगा देंगे कि "ये जो आपने आज कहा कि देश प्रगति पर है, ये उस पर है भी या आपने ऐसे ही आधे देशवासियों को मुँह बंद कर के सो जाने की नई योजना बनायी है"!! दुनिया का कोई

भी देश 'प्रगति', बस बोलने भर से नहीं करता (कम से कम दुनिया में टेक्नोलॉजी अभी इतनी विकसित नहीं हुई है)। 'प्रगति' करने के लिए अभी भी अपने हाथों से कुछ करने का ही कल्चर है। ये बात बहुत लोगों को नहीं पता है। जो चादर तान कर सो रहे हैं उन लोगों को भी नहीं पता होगी, इसलिए ये बता रहा हूँ।

मैं ये कहानी 2022 में लिख रहा हूँ। अभी से कोई 6 साल पहले का वाकया पकड़ लें। घर से अकेले वापस लौटने का अवसर प्राप्त हुआ, सो गाड़ी बड़े सुकून के चला पा रहा था। कच्चे सड़क से हाईवे पर जब आप गाड़ी बढ़ाएंगे तो डाई-वर्ज़न की शुरुआत हो जाती है। लेकिन मेरे इंटरेस्ट वाला डाई-वर्ज़न था, उसके आगे का, जो कोई 25 किलोमीटर के बाद है (आप लोग नोटिस कर रहे होंगे कि मैं 6 साल पुराने वाकई में भी 'डाई-वर्ज़न आता है' और 'पड़ता है' जैसे वर्तमान काल के वाक्य यूज कर रहा हूँ)। इसका कारण सिर्फ इतना है कि उस हाइवे पर अपने 10 साल के ड्राइविंग वाले एक्सपीरियंस में मैंने 1 दिन भी वहाँ कोई काम होते हुए नहीं देखा, कम से कम दिन में तो नहीं। सो इस हिसाब से मेरा ये अखंड विश्वास है कि वो डाई-वर्ज़न का बोर्ड जिस दिन वहाँ रखा गया, तब से अब तक वो वहीं है, होगा और शायद रहेगा भी। तो पढ़ने की सुविधा के हिसाब से आप एक बार इस डाई-वर्ज़न वाली बोर्ड को एक स्मारक की तरह ट्रीट कर सकते हैं, या कोई प्राचीन काल का मंदिर। यहाँ से आने-जाने या गुज़रने वाले लोग एक बार इस स्मारक को जरूर निहारते हुए जाते होंगे और बात भी करते होंगे कि ये फलां स्मारक फलां साल में बना था और इसने अपने इस जीवनकाल में ना जाने कितने ओवर-स्पीडिंग, ओवरटेकिंग और एक्सीडेंट देखे।

एक्सीडेंट से याद आया। आपने नोटिस किया होगा कि जहाँ-जहाँ ये डाई-वर्ज़न बने होते हैं न, वो लोकेशन एक्सीडेंट प्रोन-जोन

बन जाते हैं। सिंपल सी बात है - डाई-वर्ज़न वाले बोर्ड लगाने के कुछ नियम, कायदे, कानून होते हैं जैसे कलर की ब्राइटनेस, रिफ्लेक्टर, क्लियर मैसेज, दूर से ही दिख जाने वाला स्लोगन कि "आगे डाई-वर्ज़न है, धीरे चलें" इत्यादि इत्यादि। अब होता यूँ है कि न तो पेंट की क्वालिटी अच्छी होती है, न रिफ्लेक्टर का रिफ्लेक्शन, और लिखावट का स्तर इतना निम्न होता है कि ड्राइवर जो 80 की स्पीड में रात में गाड़ी दौड़ा रहा है, वो जब तक पूरा मैसेज क्लियर पढ़ पाए तब तक सामने वाली पत्थर में अपना सिर फुड़वा चुका होता है। पर आप एक्सीडेंट से बहुत परेशान ना हों। ये तो पूरे देश में होते रहते हैं। जिन सड़कों पे कहीं डाई-वर्ज़न नहीं है, वहाँ भी होते रहते हैं, ज़रूरी तो ये समझना है कि हमने इन एक्सीडेंटों से क्या सीख ली? सीख से मेरा मतलब है "आपदा में अवसर"। आइए समझाता हूँ।

हाइवे पर वैसी जगहें, जहाँ एक्सीडेंट होने की ज्यादा संभावनाएँ हों, आप गौर कीजिएगा, उन जगहों पर आपको पान की गुमटियाँ और समोसा बेचने वाली टपरी जरूर मिल जाएगी। अरे भाई, दुर्घटना होगी तो एक दो सवारी घायल होंगे, उन्हें पानी चाहिए होगा, एम्बुलेंस आयेगी, पुलिस वाले आएँगे, गुमटी पे बैठ कर एक्सीडेंट का विश्लेषण चलेगा इत्यादि इत्यादि। अब इतनी सारी बातें खाली पेट या बिना धूम्रपान के तो हो नहीं सकतीं। बस फिर क्या, यही तो है "आपदा में अवसर"। इस बात को एक और दूसरे तरीके से सोचें तो कभी-कभी ये दुकान वाले भी मनाते होंगे कि ये डाई-वर्ज़न वाला बोर्ड वहीं लगा रहे और सालो साल तक ये कार्य यूँ ही प्रगति पर रहे तो अपना भी घर-बार चले।

तो हम थे हाइवे के दूसरे वाले डाई-वर्ज़न पे जो पहले वाले से 25 किलोमीटर आगे था (सॉरी, है)। गाड़ी से गुजरते हुए मेरी बड़ी

उत्सुकता हुई कि इस वाले डाई-वर्ज़न का इतिहास समझा जाये। वैसे उत्सुकता से ज्यादा, गुमटी प्रेम मुझे इस जगह की ओर खींच रहा था। अब अगला डाई-वर्ज़न कोई 80 किलोमीटर बाद था, यानि अगली गुमटी भी 80 किलोमीटर दूर। गुमटी पर, ठीक डाई-वर्ज़न वाले बोर्ड से सटाकर गाड़ी रोकी गयी और एक मीठे वाले पान से चर्चा प्रारंभ हुई। इतने लम्बे चौड़े सुनसान पान की गुमटी में, मक्खी मार रहा प्रकाश (पान वाले का पुकार का नाम) भी शायद मुझ जैसे किसी निकम्मे आदमी की ही तलाश में था। प्रकाश जो था, वो वहाँ से 500 मीटर दूरी पर कोई गाँव है, वहीं रहता था।

"और कितने दिनों का काम बचा होगा"!! डाई-वर्ज़न वाली बोर्ड की तरफ देखते हुए जब ये सवाल मैंने उस पान वाले से (सॉरी, प्रकाश से) पूछा तो उसके एक्सप्रेशन से मुझे अंदाजा लग गया कि वो मुझे उस नौसिखिए की तरह समझ रहा है जिसने अपनी जिंदगी में बस एक या दो कट्ठे की जमीन में बाउंड्री घेरवाने से ज्यादा के कॉन्ट्रैक्ट वाला काम देखा ही नहीं हो। और ये सच भी था। सरकारी काम भला दिनों में पूरे होते हैं कहीं!!! इनकी गिनती तो सालों में की जाती है।

मैंने तुरंत अपना सवाल बदल दिया। "कितने सालों से ये काम चल रहा है"??

इस बार प्रकाश के उसके चेहरे पर संतुष्टि दिखी। अब जाके उसे लगा कि हाँ, अपने लेवल के किसी आदमी से बात हो रही है।

"इधर 2- 3 साल से तो ये काम एक इंच भी नहीं बढ़ा है साहब"। प्रकाश ने ठीक बगल में ही टाँगे हुए बोर्ड (जिस पर लिखा था, कि कार्य प्रगति पर है) को कपड़े से झाड़ते हुए कहा। अगर आप एक बार उसके बोलने के भाव को इग्नोर कर दें तो इस

स्टेटमेंट के दो मतलब निकल के आ रहे थे। उसके ऐसा कहने का एक मतलब ये हो सकता था कि प्रकाश को इस बात का बहुत दुःख था कि 2-3 साल हो गए और अभी तक काम आगे नहीं बढ़ा। दूसरे मतलब के हिसाब से वो मुझ पर हँस रहा था, कि ऐसे सरकारी कामों के खत्म होने की कोई डेट होती है भला!! वैसे जो मौजूदा हालात थे वो वाकई के दूसरे वाले मतलब की ओर इशारा कर रहे थे।

अब मैंने सवाल बदलना शुरू किया। मुझे ये जानने की बड़ी इच्छा थी कि एक नागरिक होने के नाते वो क्या चाहता था! काम जल्दी खत्म होने से बेचारे का बिज़नेस हाथ से जाएगा, और वही काम देर तक खींचने से उसके घर में चूल्हा जलता रहेगा। फिर मैंने ये सवाल ही कैंसिल कर दिया। इस भारी भरकम सवाल के लिए वो गरीब आदमी उपयुक्त नहीं था। जितनी देर ये सब बातें मेरे दिमाग में चल रही थीं, और सिगरेट आधा खत्म होने की कगार पर आ गया था, प्रकाश ने ही मेरी शंका दूर कर दी।

"देखिये साहब आपका तो नहीं पता, पर मैं इस जगह 4 साल से अपनी गुमटी लगाए बैठा हूँ। हमारे गाँव के सरपंच जी ने ही हमें ये जगह दिलवाई है। हमारे बाबूजी वहाँ काम करते है न। बहुत पुराने मुलाजिम हैं उनके घर के। अब देखिये, मालिक की कृपा से ये धंधा चल निकला है और ऐसे ही कृपा रही तो आगे भी चलता रहेगा"।

हमारी कहानी अभी तक प्रकाश और डाई-वर्ज़न तक सीमित थी। बीच में इस सरपंच की एंट्री ने पूरा फ्लो खराब करा दिया था। गाँव से 500 मीटर दूर सुनसान हाइवे पर जगह दिलवाना टैलेंट हो सकता है, लेकिन उस जगह पे पान की दुकान खोलने का आइडिया कोई बेवकूफ ही दे सकता है। पर अफसोस ये आइडिया सरपंच

जी का था और उन्हें बेवकूफ भी नहीं कहा जा सकता, क्योंकि आइडिया तो हिट हो चुका था। भरे शहर में कई दुकानदार, ग्राहक के अभाव में दम तोड़ देते हैं; यहाँ तो प्रकाश 4 साल से इस गुमटी में टिका हुआ है। उस पर भी मजेदार बात ये है कि सामने वाला इसे छोड़ने की भी बात नहीं कर रहा।

अब मेरी दिलचस्पी प्रकाश से हटकर उस सरपंच में बढ़ने लगी। आखिर वो कितना बड़ा ज्ञानी होगा जिसने ये अनुमान लगा लिया होगा कि गाँव से 500 मीटर दूर एक हाईवे पे अगर कोई पान की गुमटी खोले तो चल निकलेगी। इस प्रकाश के साथ टाइम वेस्ट करने से तो अच्छा था कि सीधे उस सरपंच से ही जाकर मिल लूँ और पूछ लूँ कि "आप ही बताएं, आपकी गणना के हिसाब से ये सड़क का काम और कितने दिन चलेगा"!!

मैंने बात बढ़ाते हुए प्रकाश से सरपंच जी के बारे में कुछ पूछताछ शुरू की। पर तब तक प्रकाश के चेहरे के हाव भाव बदल चुके थे।

"अब समझा, साहब। आप कोई मुसाफिर नहीं हैं। आप ये सड़क वाले काम के ठेके के लिए आए हैं न"!

"ठेका..... नहीं, मैं तो....." मैंने उसे समझाने की कोशिश की।

"अरे भाई हम इस जगह में 4 साल से हैं, इतने सालों में यहाँ न जाने कितने ठेकेदार आए और गए। भूल जाइए, इस जगह का ठेका फिक्स है। सरपंच जी के बड़े वाले बेटे हैं ना ऋषि प्रताप, उनके अलावा इस काम का ठेका किसी और को मिल भी नहीं सकता"। प्रकाश ने आगे बोला।

"पर ये तो सरकारी अधिकारी बताएंगे न; कि यहाँ कौन काम करेगा"!

"आप ज्यादा पढ़े हैं। आपका ज्ञान हमसे ज्यादा है। पर इस मामले में एक अनुभव हमारा भी जोड़ लीजिए। आपको क्या लगता है, इतने लंबे हाइवे में रोज़ हजारों लाखों के टोल वसूले जा रहे हैं फिर भी 4 साल से एक छोटा सा काम "बस प्रगति पर है", लेकिन पूरा नहीं हो पा रहा। मतलब पैसे की समस्या तो है नही। समस्या है 50 से 100 लोगों के घर में से जल रहे चूल्हे की और सरपंच के साख की" ।

"मतलब"!!

"हमारे गाँव के सरपंच जी ने अपने गाँव की जनता से वादा किया है कि नौजवान लड़कों को रोजगार देंगे, और वो भी स्थायी। अब सरपंच जी की साख बस गाँव तक थोड़े ही सीमित है। बस किसी जमाने में जब ये हाईवे का काम शुरू हुआ था, तो 100 मीटर का पैच "अपने लिए एलोकेट" करवाने के लिए इन्होंने पूरा जुगाड़ लगा दिया था"।

"अपने लिए एलोकेट मतलब"??

"अपने लिए का मतलब, कि आगे जब भी हाईवे पे रिपेयरिंग का काम चलेगा तो इस वाले एरिया में इसी गाँव के लोकल ठेकेदार और मजदूर लगेंगे। और बस क्या, मिल गया सबको स्थाई रोजगार"।

"पर ये काम कभी तो खत्म होगा"!!!

"कोई खत्म होने दे तब तो। अगर अगले को भनक भी लग गई कि काम ने रफ्तार पकड़ी है तो रात में उन्हीं लेबरों से उसी सड़क को फिर से कटवा दिया जाता है"।

आप यह सोचकर हैरान मत होइएगा कि इन कामों के बिल कैसे पास होते हैं! आप पढ़े लिखे लोग तो बस अपनी गाड़ी के

फास्टटैग में पैसे भरवाते रहिये; देश के सैकड़ों ठेकेदार, लाखों नौजवान मजदूर और हजारों किलोमीटर लंबा हाईवे, ये सब दुरुस्त हाल में चलते रहेंगे।

अब हम भी दुकान उठाएंगे। आज वैसे ही सुबह से जतरा खराब है। बस दो सिगरेट बिकी, न कोई एक्सीडेंट, न साइट पे कोई काम। अगले डाई-वर्ज़न तक के सफर के लिए मैंने दो पान बँधवाकर कार आगे बढ़ा ली है।

आज उस वक्त को कोई 3 साल हो गए होंगे। फैमिली के साथ इधर से लौटना हो रहा है। उस डाई-वर्ज़न के सामने से जैसे ही कार गुजरी प्रकाश की याद आ गई और आज तो कमाल का दिन था, चार-पाँच लोग वहाँ काम में लगे हुए हैं। देश आगे बढ़ रहा है। देर है, पर अंधेर नहीं। सोचा, प्रकाश से मिलता हुआ चलूँ और उसे ये भी बता दूँ कि हमारे टोल के पैसे आज सही जगह पर लगे हैं।

कार को साइड में कर के प्रकाश की दुकान पर पहुँचा। "और भाई प्रकाश, आखिर शुरू हो ही गया डाई-वर्ज़न का काम"!!

"कहाँ साहब, लगता है आपने ठीक से देखा नहीं। ये पेंट करने वाले मजदूर हैं। 2-3 साल की आँधी बारिश में ये डाई-वर्ज़न वाला बोर्ड पूरा झड़ गया है, ठीक से पढ़ाई भी नहीं होता। सरपंच जी ने कल ही पाँच आदमी लगवाए हैं। आज डाई-वर्ज़न की पेंटिंग कंप्लीट हो जाएगी और कल "आगे कार्य प्रगति पर है" वाला बोर्ड सफाई होगा।

खैर आप कहिये, मीठा पान चलेगा या सिगरेट??